剣士を目指して
入学したのに
魔法適性
9999
なんですけど!?
Author : Mugichatarou Nenjuu
Illustrator : Riichu
Produced by GA NOVEL

はふぅぅぅ
ローラさん、抱き枕適性9999ですわぁ

ローラ・エドモンズ
剣士を夢見る９歳の女の子。
両親は伝説的な剣士夫婦。
だが、彼女の才能は――

ローラさんのほっぺからクリームをとる権利はこのわたくしにありますわ！
シャーロット・ガザード
魔法科に所属する少女。
有名な魔法一家の生まれ。
ローラが親友でライバル！

ズルイ。
私が最初に気付いたのに
アンナ・アーネット
戦士科に所属する少女。
剣が好きでローラと意気投合。
ローラとの放課後特訓が日課。

じゃあ、始めましょう。
どこからでも、かかってきなさい！
エミリア・アクランド
ギルドレア学園の教師。
魔法科の一年生担任でもある。

では、遠慮せず！

剣士を目指して入学したのに魔法適性9999なんですけど!?

Author : Mugichatarou Nenjuu
Illustrator : Riichu
Produced by GA NOVEL

CONTENTS

— 目次 —

剣士を目指して入学したのに魔法適性9999なんですけど!?

Author : Mugichatarou Nenjuu
Illustrator : Riichu
Produced by GA NOVEL

プロローグ

「前衛はいいぞ」


それがエドモンズ家の家訓であった。

現にローラの両親は、冒険者だった頃《ころ》、ともに前衛だったという。

父、ブルーノは剣士。

母、ドーラは槍《やり》使い。

二人でコンビを組み、巨大なドラゴンを倒し、ダンジョンを探索し、新種の生物を発見したりしていた。

第一線こそ退いたが、今でも町の付近に現れるモンスターを退治しており、その腕は微塵《みじん》も鈍《にぶ》っていない。

「魔法なんて軟弱者が使う技だ。俺《おれ》たち前衛の後ろに隠れてこそこそ戦う卑怯者《ひきょうもの》だ」

ブルーノの考え方は非常に偏《かたよ》っていて、まともな冒険者が聞いたら憤慨《ふんがい》するようなものである。

だが、ブルーノとドーラは本当に魔法使いをパーティーに加えず、前衛だけで数々の偉業を成し遂《と》げたのだ。

今でも語り継がれる、Aランク冒険者の夫婦。

その輝かしい実績を前にしては、誰《だれ》もが押し黙るしかない。

ブルーノほどではないが、ドーラも似たような思想を持っていた。

ゆえに、娘であるローラを魔法使いにするつもりなど二人にはなかった。全《まった》くもって思いもよらなかった。

そして「前衛はいいぞ」と囁《ささや》かれて育ったローラもまた、自分は父のような剣士になるのだと決めていた。

冒険者ギルドに登録して、槍使いや斧《おの》使いと一緒にモンスターを狩って生活するのだと。

何の疑いもなく信じていた。

しかし。ローラには一つ、誰にも教えていない秘密があった。

少しも練習していないのに、なぜか魔法が使えるのだ。

それを知ったのは、ほんの出来心からだった。

三歳の頃、絵本を見て魔法に興味を持ち、軽い気持ちで念じてしまったのだ。

炎よ出ろ――と。

すると本当に手の平からポンと火の玉が出てしまった。

ローラは父と母が魔法を忌《い》み嫌っていると知っていた。魔法とは邪悪《じやあく》なものなのだ。

そんな忌むべきものを遊びとはいえ使ってしまった。

ローラは怖くなり、布団《ふとん》に潜り込んで涙を流した。

以来、魔法など使わず、剣を教えようとする父ブルーノに従って、ひたすら稽古《けいこ》に励《はげ》んだ。

ローラ自身、剣が好きだった。

日々上達していくのが自分でも分かった。

そして我が子の才能に一番喜んだのは、やはりブルーノであった。

だが八歳になってから、また魔法を使ってしまった。

怪我《けが》をした猫を庭で見つけ、つい回復魔法で治してしまったのだ。

見つかったら父と母に嫌われると思いつつ、猫を見捨てることができなかった。

それにしても、なぜ自分に魔法の才能があるのだろうか。

魔法のことはよく知らないが、練習していないのに火の玉を出せたり、怪我《けが》を治せたりするのは、おかしいのではないか。

いや、どうでもいい。

もう魔法は使わない。

私は剣に生きるのだ。

そう改めて決意を固め、ローラは九歳となる。

「ローラ。そろそろ冒険者学園の試験を受けてみるか？　あそこの戦士学科はいいところだぞ。大賢者が学長というのが唯一の欠点だが……それ以外は素晴らしいんだ！　普通は十五歳くらいで受けるものだけど、お前は剣の天才だ。余裕で合格するだろう。それだけの実力があるなら、早く世に出るべきだ。こんな田舎《いなか》でくすぶっていたら駄目《だめ》だ」

九歳の娘に『田舎でくすぶっていたら駄目』と説教する親も親だが、それを聞いたローラは素直に頷《うなず》いたのだ。

早く一人前の冒険者になりたい。剣でモンスターと戦いたい。

父が認めてくれたのだ。ならば試験は合格するに違いない。

「私はまだ早いと思うんだけど……」

母ドーラはそう言っていたが、しかし娘の才能は否定しなかった。

本人がやる気になっているなら、無理に止める理由もない。

結局のところ、ドーラも根っからの冒険者だった。

そしてローラは九歳の誕生日を迎えた冬。父と母とともに馬車に乗り、王都までやって来た。

そこで冒険者学園の試験を受ける。

剣士志望であるから、試験官相手に試合形式で剣の腕を見せた。

試験官は在校生だ。

本来なら善戦してみせるだけで合格なのに、ローラは試験官に勝ってしまった。

また頭も悪くないので、筆記試験も余裕でパスした。

「凄《すご》いぞローラ。お前は本当に、お父さんの自慢《じまん》の娘だ」

「お母さんも鼻が高いわ。春からローラは寮住まいね。ローラがいなくなるのは寂《さび》しいけど……確かにあなたの才能を親のわがままで埋もれさせることはできないわ。頑張《がんば》るのよ」

両親に褒《ほ》められて、ローラは心底嬉《うれ》しかった。

試験官に勝てたのも嬉しかった。

自分が今までやってきた特訓は確実に実を結んでいる。

どこまでも強くなりたい。

「いつか、お父さんとお母さんより強くなってみせるんだから！」

「おお、言ったなこいつ！」

「ふふ、楽しみにしてるわよ」

そして一度、故郷の町まで帰り、冬の間は今まで通りの生活を送った。

雪が解け始めた頃、馬車に乗って再び王都に向かった。

今度は一人だった。

順調に行けば三年間。ローラは冒険者学園で、戦闘技術を学び、卒業すると同時にCランクの冒険者になる。

だが、学園側から落ちこぼれのレッテルを貼《は》られると、容赦《ようしゃ》なく退学になり、卒業を待たずして家に帰ることになる。

無論、ローラは退学の心配などしていなかった。

自分は強い。剣の才能がある。努力もしている。

小さくなっていく故郷を見つめながら、「学園一の剣士になってみせる」と、馬車の中で決意した。

「それから、友達が沢山《たくさん》できたらいいなぁ……」

このときローラは、自分に途方もない魔法の才能があるということを、すっかり忘却《ぼうきゃく》していた。

そして、その才能を学園側が放っておくはずがないと、思い至ることができなかった。

第一章　え、私の魔法適性高すぎ!?

冒険者は誰《だれ》でもなれる。

貴族でも。平民でも。無一文《むいちもん》でも。文字の読み書きができなくても。

必要なのはたった一つ。

命を懸《か》ける覚悟だ。

人に害をなすモンスターの駆除。

古代文明の遺跡の探索。

過酷な自然の奥地から錬金術《れんきんじゅつ》の材料を持ち帰る。

これら全《すべ》て、人類に貢献する重大な仕事であり、そして死と隣り合わせの——冒険《クエスト》だ。

冒険者は死ぬ。

特に武術や魔法の訓練もろくにせず、手っ取り早く金を稼ごうと冒険者になった者は、おおむね死ぬ。

新人冒険者の一年後の生存率が七割を切る、という具体的なデータがあるほどだ。

それでも冒険者になりたがる者はあとを断たない。

なにせ金になる。スリルがある。子供の憧《あこが》れである。

そして、死ぬのだ。

冒険者とはそういうものだと、ずっと思われてきた。

だが、五十年前。そこに異《い》を唱えた者がいた。

死んだ者たちの中には、もしかしたら才能あふれる者がいたかもしれないのに。

その才能を伸ばす前に死んでいいはずがない。

ならば死ぬ前に教育してやろう。

そう唱えたのは『麗《うるわ》しき大賢者』の二つ名を持つ、Sランクの冒険者。

百三十年前に魔神の一体を倒し、今なお存命の生きた伝説、カルロッテ・ギルドレア。

彼女は当時の国王に掛け合って資金を出させ、教師に相応《ふさわ》しい人材を集め、そして冒険者を育てる学校を作り上げた。

それが、王立ギルドレア冒険者学園。

ローラが今日から通うことになる学校であり、父ブルーノと母ドーラもここの戦士学科の卒業生だった。

王立ギルドレア冒険者学園には二つの学科がある。

戦士学科と魔法学科だ。

前者は剣、槍《やり》、斧《おの》、弓、徒手空拳《としゆくうけん》などをメインに教える。

後者は魔法全般だ。

そして無論、ローラが入学するのは戦士学科である。

「戦士学科の新入生はこっちに集まれ！」

広い校庭に男性教師の野太い声が響いた。

どこに行けばいいのか分からず、荷物を持ったままオロオロしていたローラは、ホッとため息を吐く。

いくら剣の才能があっても、九歳は九歳だ。

見知らぬ王都。慣れない集団行動はどうしても緊張する。

「ローラ・エドモンズ。戦士学科です！」

「おお、お前があのエドモンズ家の娘か。確かまだ九歳だったな。その歳《とし》で入学試験を突破するとは、両親に負けない才能だ。しかし、ここの授業は厳《きび》しいぞ。覚悟しておけ」

「はい！」

厳しいのは望むところだ。

ローラは強くなりたいのだから。

それにしても、九歳で入学というのは本当に異例のことらしい。

周りを見回しても、年齢の近い者が見当たらない。

入学試験は皆が別々に受けたから分からなかったが、一番若くても十二か十三歳くらい。二十歳近いと思われる者もいる。

もっとも、入ってしまえば年齢など関係ない。全ては実力で決まる。

とはいえ、友達にするなら、年齢が近いほうが話しやすい。

自分はちゃんと友達を作れるのかなぁ、と、ローラは不安になってきた。

しかし大丈夫だろう。

歳が離れていても、ここにいる者は全員、一流の戦士を目指している。

きっと話が弾《はず》む。

更《さら》に剣士同士なら親友になれる、はず。

「戦士学科の新入生、四十三人。全員集まったようだな。では今から、この装置でお前たちの才能を測る。無論、こんな道具で測定した才能など目安に過ぎないが、一応、今後の授業の参考にする。ま、気楽にしてくれ。これで今すぐどうこうするつもりはないから」

そう語る大柄な教師の横には、青い半透明の柱が立っていた。

太さも長さも、その教師と同じくらい。

名前を呼ばれた生徒は、その柱に手を触れる。

すると柱から光が伸びて、空中に文字を描き始めた。

どうやら、剣や槍、各種魔法の適性を数値化してくれる装置のようだ。

おそらく、魔法技術の塊《かたまり》なのだろう。

創立者のカルロッテ・ギルドレアが作ったのだろうか?

「次。アンナ・アーネット」

「はい」

返事をして前に出たのは、十三歳くらいの少女。髪は燃えるような赤色だった。

多分、彼女がローラに一番歳が近い。

そのアンナの歩き方を見て、ローラは思わず唸《うな》ってしまった。

まだ若い……というか幼いのに、一流の戦士のような雰囲気《ふんいき》だったのだ。

父と母という本物の一流を日常的に見てきたからこそ分かる、ローラの勘《かん》だ。

そして勘が正しいと装置が証明してくれる。

名前：アンナ・アーネット
剣の適性：98
槍の適性：81
斧の適性：66
弓の適性：70
格闘適性：83

空中に表示された数値を見て、教師が「ほう」と声を漏《も》らす。

「さっきから見ていて分かったと思うが、あの厳しい試験に合格した者でも、適性はおおむね50～60だ。しかしアンナは一番低い斧でも66。剣に到っては98だ。間違いなく天才。もっとも、どんな天才でも慢心したらそこで終わりだがな」

「慢心なんてしない……全力で研鑽《けんさん》を積む」

教師に対してアンナは鋭い声で答える。

それを聞いて、ローラは武者震《むしゃぶる》いした。

きっと彼女は自分のライバルになる。そんな予感がしたのだ。

「さて。アンナの魔法適性がまだ残ってるぞ。戦士学科の者でも、魔法を使えて損はない。覚える余裕があるならドンドン覚えろ」

攻撃魔法適性：04
防御魔法適性：29
回復魔法適性：08
強化魔法適性：31
召喚《しょうかん》魔法適性：06
特殊《とくしゅ》魔法適性：10

「ほう。こりゃバランスがいい。防御魔法で自分をガード。強化魔法で身体能力の強化が可能だ。根っからの白兵戦《はくへいせん》スタイルだな、アンナは」

「……好みと適性が一致して一安心」

そう呟《つぶや》いたアンナは、本当に嬉《うれ》しそうに微笑《ほほえ》んでいた。

戦士学科なのに魔法適性を見られる。教師も魔法の使用を推奨《すいしょう》している。

ローラはそこに違和感を覚えたが、両親から受けた教育が極端なものだったという自覚もあるので、顔にも出さず大人しくすることにした。

「よし。次はローラ・エドモンズ。どんな数値が出るか、楽しみだな」

ローラの小さな姿に生徒たちは不思議そうな顔をし、次にエドモンズという姓を聞いて「おお」と歓声を上げる。

「エドモンズってあのエドモンズか？　魔法嫌いで、接近戦マニアで……そこまで偏《かたよ》ってるのに鬼のように強かったっていう夫婦」

「一人娘がいるって聞いたことがあるし、確かあのくらいの年齢のはずだ。まさか同じ年に入学することになるとはな……」

「それにしてもまだ十歳にもなってないだろ。コネか？」

「バカ。大賢者の学園がコネの入学なんか認めるかよ。実力だよ実力」

戦士学科の新入生全員の視線がローラに集中する。

人生のうち、これほど注目を受けたことがなかったローラは赤面し、小走りで装置の前に行く。

そして――。

名前：ローラ・エドモンズ
剣の適性：107
槍の適性：99

斧の適性：74
弓の適性：68
格闘適性：75

ローラの数値に、皆が唖然《あぜん》とする。

教師ですらポカンと口を開け、それから苦笑いのような顔になった。

「剣の適性100超えとは……恐れ入った。もしかしたら学園創立以来じゃないのか？」

測定した数値など目安に過ぎない。

天才でも慢心したらそこで終わり。

そう言っていた教師だが、ローラの数値を見て目を輝かせていた。

ローラもまた、鼻が高かった。

別にひけらかすつもりはないが、それでも自分に剣の才能があると、こうして数字で示されて嬉しくないはずがない。

アンナより高いというのも安心に繋《つな》がった。

何だかんだ言って、アンナより剣の適性が低かったらどうしようと不安だったのだ。

そのアンナは、ローラを睨《にら》んでいた。

向こうもこちらを意識しているらしい。

やはりライバルだ。

数値の差は9。おそらく、努力次第で覆《くつがえ》る。

「さて。次は魔法の適性だ」

それは興味がない。

むしろ見たくない。

そこそこ高い数値が出るのだろう。

練習せずに魔法が使えたのだから。

だがローラは魔法を使うつもりなど微塵《みじん》もなかった。

ゆえに、どんな数値だろうと無視する。

と、決めていたのだが——。

攻撃魔法適性：９９９９

「ん？」

「は？」

「なっ！」

「故障か⁉」

「９９９ってありえないでしょ⁉」

「バカ、桁《けた》が違う。９９９９だ！」

9999

まず最初に出てきた攻撃魔法の数値を見て、生徒も教師も奇声を上げた。

桁違い。

今まで表示されてきた数値とは明らかに次元が違う。

１００を超えたと大騒ぎしていたところに９９９９である。

理解が追いついている者など、一人もいなかった。

ローラもまた硬直し、次々と表示される自分の適性を眺めるしかできない。

それは悪夢のような光景だった。

防御魔法適性：９９９９
回復魔法適性：９９９９
強化魔法適性：９９９９
召喚魔法適性：９９９９
特殊魔法適性：９９９９

ローラの意識は飛んでいた。

剣士になる。魔法など使わない。

そう理想を燃やしていた九歳の心に、この現実はショックが大きすぎる。

「ローラくん、ローラくん。ちょっとこっちに来てくれるかな！」

そして気が付くと、ローブを着た如何《いか》にも魔法使いふうの教師が、ローラに向かって手招きしていた。

「もう話はまとまったから。君は魔法学科ね。はい、今日からよろしく！　いやぁ、想定外の数値だよ。君のような才能を迎えることができて嬉しい。才能だけなら大賢者様すら凌駕《りょうが》している。君は魔法の歴史を塗り替えるかもしれない！」

ローラは目の前が真っ白になった。そして、

「う、うわぁぁぁんっ！」

と泣き叫び、バタリと倒れ、完全に気絶してしまった。

※

ローラが目を覚ますと、真っ白な天井《てんじょう》が視界に飛び込んできた。

ここはどこなのだろう。

少なくとも自分の家にこんな部屋はなかった。

そういえば馬車に乗って王都に向かって、そして冒険者学園の校庭で……。

「あ、あああああっ！」

記憶を取り戻したローラの頭に、四桁の数字がまとわりつくように浮かび上がる。

９９９９。

夢であってくれ。間違いであってくれ。

自分は剣士を夢見る女の子で、魔法などという後方からチマチマ撃《う》つようなものは願い下げなのだ。

迫り来る凶暴なモンスターの群れ。そこに仲間たちとともに突っ込んで、渾身《こんしん》の力で斬《き》り伏せる。

ああ、素晴《すば》らしい。英雄譚《えいゆうたん》の主人公のようだ。

あるいは剣士同士の決闘もいい。刃《やいば》と刃をぶつけ、火花を散らすのを想像するだけで心が踊る。

それが、それが。

「記憶がハッキリしすぎてる……私は魔法学科に転籍《てんせき》になって……それで気絶したんだ……」

誰かが保健室か何かに運んでくれたのだろう。

それにしても、どのくらい寝ていたのか。

入学式はどうなったのか。

クラスの皆《みんな》と自己紹介したりするはずだ。

父と母から学校の様子を聞かされ、楽しみにしていたのに。

「最悪のスタート……」

ローラは呟いて、ガックリとうなだれる。

そのとき、隣から「うーん」と唸り声が聞こえてきた。

すぐ近くに人がいたのだ。

その気配を今まで感じ取ることができなかった。

戦士として何たる失態。まだ頭が寝ぼけているらしい。

「それにしても、この人、誰なんだろう?」

女の人が、自分と同じベッドに潜り込んで幸せそうに眠っている。

年齢は二十歳《はたち》かそこら。

白銀《はくぎん》色の髪を伸ばした、とても美しい人だった。

——白銀?

この学園の創立者にして現役《げんえき》の学長、大賢者カルロッテ・ギルドレアも、髪が白銀色だったはず。

だが、大賢者は三百歳になろうという年齢である。

ローラは魔法のことをほとんど知らないが、それで若さを保っていたとしても、二十歳の外見はないだろうと判断した。

もしかしたら、学園の先輩なのかもしれない。

気絶したローラをここまで運んでくれたのが彼女で、そのまま一緒に眠ってしまった……のだとしたら、随分《ずいぶん》とノンビリした人だ。

とにかく、起こして事情を聞いてみよう。

万が一、億が一。

9999という数値も魔法学科への転籍も、全ては夢だったというオチもあるかもしれないし。

「あのぅ……」

今まで故郷の町からほとんど出ることなく過ごしてきたローラにとって、知らない大人に話しかけるというのは、少々勇気のいる行為だった。

しかし、黙って立ち去ろうにも、校舎の構造が分からない。二度寝するのはもってのほかだ。自分がどういう状況に置かれているのか、早く確かめたい。

「ん、ん……」

ローラが肩を揺すると、女性は瞼《まぶた》を開け、ゆっくりと上半身を起こした。

そして、口を大きく開けてアクビ。

美人なのにだらしがない。ローラがこんなはしたない真似《まね》をしたら、お母さんに怒られる。

「おはよう、ローラちゃん。あなたも今起きたところ？」

「は、はい」

こちらの名前を知っている。

やはり学園の関係者なのだろう。もしかしたら教師かもしれない。

何せ、この女性。とぼけた口調なのに、気配が、おかしい。

只者《ただもの》ではないと、そう確信できる。

「さて、今は何時かしら」

女性は首から下げた懐中時計《かいちゅうどけい》を開いて時間を確認した。

それは髪の色と同じ白銀の素晴らしい懐中時計だった。

「もうお昼じゃない。よかった。見事に入学式をサボれたわ。灯台もと暗し。まさか私がローラちゃんと寝てるなんて、誰も思わなかったみたいね。ありがとう。あなたのお陰で見つからずにやり過ごせたわ」

「はあ……それはどうも」

いまいち要領を得ないが、つまりこの女性は、入学式に出たくなかったからここで寝ていたということらしい。

「あの、あなたは生徒ですか？　それとも先生？」

「うーん……どちらかと言えば先生かしら？　あ、私がここにいたってのは内緒ね。怒られちゃうから」

そう言って彼女はニッコリ微笑む。

この若さからして、きっと新米の教師なのだろう。

それが入学式をサボって昼寝をし、全《まった》く悪びれる様子もないのだから恐れ入る。

もっとも、ローラも似たような状況なので、とやかく言えないが。

「ところで私はどうしたらいいんでしょうか？　魔法学科に転籍になったと言われたところまでは記憶があるんですけど……私は戦士学科に行きたいです！」

「うーん……でも決まったことだから。魔法だって悪くないわよ。やってみて、どうしても嫌だったら、そのときは私に相談してちょうだい」

「……はあ」

新米教師に相談して、どうにかなる問題なのだろうか。

ローラはまだ社会を知らないが、ちょっと無理そうだなぁと想像ができた。

直訴《じきそ》するなら大賢者その人だろう。

ああ、そうだ。見つけ出して抗議しよう。

「ま、ここで待っていれば、そのうち魔法学科の先生が迎えに来るわよ。気楽にやりなさい。じゃ、私は見つかる前に逃げるわ」

彼女は白銀の髪をひるがえし、ベッドから飛び出した。

その仕草《しぐさ》がとても絵になっていたので、ローラはつい見とれてしまう。

そして、最後にこれだけは聞いておきたかった。

「あの、待ってください！」

「ん、なーに？」

女性は窓に手をかけたまま振り返る。

「……あなた、とても強い、ですよね？　とんでもなく」

認めたくないが、父よりも、母よりも。

「へえ……ローラちゃん、凄《すご》いわね。その歳で分かるんだ。流石《さすが》は魔法適性オール９９９９。偉い偉い」

女性はわざわざローラのところまで戻ってきて、頭をなでた。

しかし、何が偉いのだろう。

これだけ強者のオーラが漏れていたら、誰だって分かるはずだ。

「人は大きすぎるものを見ると、それを視界に収めることすらできなくて、『そこにある』と認識できないのよ。ローラちゃんは少なくとも、私の力を視界に収めているのね」

「視界に収めるって……あなたは大人にしては、むしろ小柄なほうだと思いますが」

「あら。ちっちゃいのはローラちゃんも一緒じゃない」

「む。私はまだまだこれからです！」

失敬な話だ。ローラが小さいのは九歳だからであり、これからいくらでも成長する余地がある。一方、目の前の女性はもう大人なので、これ以上伸びない。一緒にされては困る。

「ふふ、そうね。ローラちゃんはこれからね。どう成長するのか楽しみ……あなたなら、私の〝二つ名〟を継げるかも」

「……二つ名？」

ローラは話について行けず、首を傾《かし》げる。

そのとき、女性が急にギョッとした顔になり叫び声を上げた。

「あ、エミリアが来たみたい！　本当に逃げなきゃ怒られるわ！」

今までのノンビリした雰囲気からは想像もできないほどの速度で駆け出し、彼女は窓から飛び出していった。

茂《しげ》みか何かに突っ込んだのだろう。

ガサガサと音が聞こえる。

「あ、待ってください、二つ名って何ですか！」

ローラも窓際まで走って外を見回す。

見晴らしのいい校庭が広がっていた。

しかし、出て行った女性の姿は確認できない。

「……消えちゃった」

この短時間で見えない場所まで走った？

そうだとしたら、加速で爆音が聞こえそうなものだが。

とても静かに彼女は姿をくらました。

ローラが首を傾《かし》げていると、ドアがコンコンとノックされる。

「魔法学科の教師、エミリア・アクランドです。ローラ・エドモンズさん、起きてますか？」

「は、はい……！」

迎えに来た教師も若い女性だった。

眼鏡《めがね》をかけた、青い髪の人。

ギルドレア冒険者学園の教師をしているのだから、優秀なのは間違いない。

事実、いくつか修羅場《しゅらば》をくぐったような目をしている。

なのに、さっきの女性が放っていた得体《えたい》の知れないオーラは、微塵《みじん》も感じられなかった。

※

ローラはエミリア・アクランドに連れられて、魔法学科一年の教室に連れて行かれる最中だ。

今年の入学生は、戦士学科が四十三人。魔法学科が三十九人。

それがローラが転籍になったおかげで、四十二人と四十人に変わった。

いずれにせよ一クラス分であり、それは例年と同じらしい。

エミリアいわく、ローラが気絶していた午前中の間に、入学式に校舎の案内、あと自己紹介も終わってしまったという。

そして昼休みも過ぎ去り、今から午後の授業が始まる。

昼食を抜くハメになったのは辛《つら》いが、その分、晩に多く食べよう。学園の食堂は無料だったはずだし。

「午後は訓練場に行って皆の実力を見る予定なんだけど、その前に教室で、ローラさんの自己紹介をしてもらうわね」

「はい。ところで……やっぱり私、ずっと魔法学科なんですか？」

「そうよ。嫌かしら？」

嫌だ――と、ローラは断言してやろうとした。

当たり前だ。

戦士学科に願書を出し、試験を受けて合格したのだ。

それが入学式の当日になって、いきなり魔法学科に転籍なんて嫌に決まっている。

だが、さっき保健室で言われた言葉が妙に引っかかる。

魔法だって悪くない。

彼女はそう言っていた。

他《ほか》の誰かの言葉なら即座に忘れてしまいそうな陳腐《ちんぷ》なもの。だがローラは、あんなに得体の知れない人物と出会ったのは初めてだった。

しかし父と母は、ローラが戦士学科に入ると思い込んで学費を払ったはずだ。

それなのに魔法学科に入ったら、詐欺《さぎ》ではないだろうか。

「あの、お父さんとお母さんは許してくれるでしょうか？　入学費とか授業料とか、揉《も》めるんじゃ……」

「それは大丈夫よ。だってこの学園。国家予算だけで運営してるから。つまり無料。あなたの両親は入学費も授業料も払っていないのよ」

「え、そうだったんですか？」

「そして学園の理念は、若者の才能を伸ばすこと。この一点。つまり、あなたに魔法の教育をしないということは、学園の理念に反するわ。学園側の判断で学科を転籍させるというのは前にもあったことだし、契約書にも書いてあるの。あなたは読んでいないと思うけど」

九歳のローラが契約書など読んでいるわけがない。そもそも存在を知らなかった。

下手をすると両親も読んでいないのでは？

もっとも、契約書を熟読していたとしても、ローラが魔法学科に転籍になるなど、想像もしてなかっただろうが。

「……私がもし、どうしても魔法学科が嫌だと言ったらどうなります？」

「難しいわね……あなたがもっと普通の生徒だったら、希望が通っていたかもしれないわ。けど、あなたの魔法の適性はオール９９９９。観測史上最高。今この学園は、あなたに注目してるのよ。

どうやってその才能を伸ばしていくか、教師全員が考えている。私を含めて。ねえ、お願いだから私たちを信じて、魔法学科で授業を受けてみて。魔法だって楽しいわよ？　実際にやって、それでもどうしても嫌だったら、そのときにもう一度相談しましょう。だから、ね」

保健室の女性と似たようなことをエミリアは言う。

なるほど、楽しいのかもしれない。

そこは否定しない。

しかし、一番楽しいのは剣だ。

ローラは九年しか生きていないが、そのくらいは知っている。

いや、知った気になっているだけ？

実は魔法を使ってみたら、案外、気に入ってしまったりして？

そんなわけはない。と思いつつ。

いいだろう。そこまで言うなら、付き合ってやろうじゃないか。

「……分かりました。ひとまず、です。ひとまずは魔法学科に入ります」

「ありがとうローラさん！　今日からよろしくお願いね」

「……はい。よろしくお願いします」

そしてローラは、魔法学科の教室に入った。

自分がここに馴染《なじ》むわけはないと、このときは決めつけていた。

※

「……ローラ・エドモンズ。九歳。特技は父に教わった剣です。槍も少しだけ母に教わりました。好きな食べ物はオムレツです」

魔法学科の新入生、三十九人。

その前に立ち自己紹介したローラはガチガチに緊張していた。

これが戦士学科ならまだマシだったのだろうが、ここは魔法学科。気分的には完全にアウェイ。

魔法使いの卵たちを前に、特技は剣と言い切るのは実に勇気がいる。

しかし事実だから仕方がない。

そして魔法のことは分からない。

過去に二度使用しただけだ。

あの変な装置は９９９９とふざけた数値を弾《はじ》き出していたが、ローラの知ったことではない。

「あれが９９９９の子か……」

「あんな小さいのに、本当に凄いのか？」

「すぐに分かるさ。それに才能だけじゃ強くなれない」

「つっても９９９９だしなぁ」

あちこちからヒソヒソと声が聞こえる。

晒《さら》し者になった気分だ。

何とかして戦士学科に逃げ込めないものか。

「はい、皆。ローラさんの自己紹介が終わったところで、訓練場に移動するわよ。先生についてきて」

新入生三十九人。そこにローラを加えて丁度《ちょうど》四十人が、廊下を一列になって、ゾロゾロと歩く。

訓練場は校舎の外にあった。

レンガの壁に囲まれており、生徒四十人と教師一人が入っても、窮屈《きゅうくつ》には感じない。

天井はなく、青空がそのまま見える。

しかしローラは違和感を覚えた。

「……魔力で囲まれている？」

今までローラは、過去自分で使用した二回以外、魔法に触れたことがない。

しかし不思議と、この訓練場が魔力で作られた壁で覆われていることが分かってしまった。

「流石はローラさん。そのとおり。この訓練場はつねに防御結界でドーム状に覆われています。だから中で大爆発を起こしたりしても、周りに被害が及んだりしないから安心してね」

エミリアがそう語ると、生徒たちから「おお」と歓声が上がった。

防御結界とはそんなに凄いものなのだろうか、とローラは首を傾げる。

しかし、どうやら凄いのは防御結界ではなく、見破ったローラだったらしい。

「すげー！　一目見ただけで感じ取るなんて、どんな才能だよ」

「俺《おれ》、全然分かんなかった」

「わ、私は少し違和感あったし！　時間をかければ防御結界だって見破れたし！」

「そりゃ時間かけりゃ俺だって……」

騒がしい。

というより照れくさい。

全員が年上なのに、尊敬の眼差《まなざ》しを向けてくる。

これが剣技なら、今までの努力を認められたのだと誇らしい気持ちにもなれるが、今はなぜ褒《ほ》められているのかすら分からない。

「はい、私語はそこまで。今日は皆の現時点での実力が見たいから。一人ずつ、的に向かって攻撃魔法を撃ってみて。炎でも雷でも何でもいいから。いい？　当てるのが課題。威力は無視していいから。じゃ、やりたい人から名前を名乗って順番にどうぞ」

エミリアはそう言ってから、パチンと指を鳴らした。

すると訓練場の奥に魔法陣《まほうじん》が広がった。

何かが出てくる——とローラが予感した瞬間、魔法陣から炎が飛び出した。

その炎はうねり、人の形を作り、成人男性ほどの大きさとなった。

「おお……精霊の召喚だ……」

「先生、あんな若いのに……やっぱギルドレア冒険者学園の教師って凄いんだなぁ」

どうやらこれは凄い技のようだ。

だが、魔法の知識が皆無《かいむ》のローラには、全く伝わらない。

「あのぅ……精霊の召喚って何ですか？」

ローラは隣に立っていた少女に恐る恐る尋ねてみた。

彼女の年齢は十四歳くらい。この中では比較的若い。

金色の髪をグルグルと螺旋《らせん》状にセットしていて、なにやら勝ち気な顔立ちをしている。

全員が規定の制服を着ているのに、彼女のだけ、なぜかフリルやレースが多い。

どうやら入学前に改造を済ませてきたらしい。

只者《ただもの》じゃない。

それでも歳の離れた者や、異性に話しかけるよりはまだ気楽だった。

「あらまあ。ローラさん、あなた凄い魔法適性を持っているのに、そんなことも知りませんの？」

「はい……その、私、本当は剣士志望で……魔法の勉強なんてしたことなかったから……」

ローラが正直に言うと、金髪の少女はムッとした顔になった。

まあ、気持ちは分かる。

ここにいる者は全員、一流の魔法使いを目指して来たはず。

そこに魔法に興味のない人間が混じっているのが許せないのだろう。

しかし、他にどう説明しろと言うのか。

ローラだってこんなことになるとは思っていなかった。

今朝《けさ》までは期待で胸を膨《ふく》らませていたのだ。

今は『やる気』の『や』の字もない。

「あら、そう！　けれど勉強も練習もせず、才能だけでトップになれると思わないことね！　一年生のナンバーワンは……いいえ、学園最強の魔法使いはこのシャーロット・ガザードですわ！」

「シャーロットさん、ですか。あの、気を悪くしたならごめんなさい。私はナンバーワンになれるとは思っていないので……どうぞご自由に」

「……ふん。張り合いがないですわ。ライバル意識を燃やして損してしまいましたわ」

シャーロットはローラに対する興味を失ったらしく、そっぽを向いた。

代わりに、別の男子生徒が親切に『精霊の召喚』の解説をしてくれた。

いわく、この世界には精霊という存在が充満しているらしい。

水も炎も雷も土も。光も闇《やみ》も。ありとあらゆるものに精霊が宿っていて、その精霊に語りかけ、己《おのれ》の魔力を差し出すことにより奇跡を引き起こす。

それすなわち魔法。

そして高位の魔法使いは、精霊そのものを召喚し、自分の魔力を使って具現化し、使役《しえき》することができる。

今、エミリアがやってみせたように。

「なるほど……召使いの凄いバージョンですね」

「まあ、そう言う解釈もありかな？」

教えてくれた男子生徒は微妙な顔をする。

どうもローラの解釈がお気に召さなかったようだ。

「私が召喚した炎の精霊が的よ。さっき威力は無視していいと言ったけど、思いっきりやって壊してもいいから。あと二十体は召喚できるわ」

「二十体、ですか……まあ、教師ならそのくらいできて当然ですわね」

そう言いながら、シャーロットは声を震わせていた。

きっと炎の精霊を二十体召喚するというのは凄いことで、シャーロットにはそれができない。だから悔《くや》しいのだろう。

と、予想は付くのだが、入学初日のくせに教師に負けて悔しがるとは、なかなか凄い神経をしている。

ローラはシャーロットに対し『変な人』と思ってしまった。

ところが、だ。

ふと自分に置き換えると、痛いほど気持ちが分かった。

予定通り戦士学科に入り、そこで教師に自分を遥《はる》かに超える剣技を見せつけられたりしたら。

悔しくて、その日は眠れないかもしれない。

(何だか急に、シャーロットさんのことが好きになってきた……!)

魔法学科に期待なんて一つもしていなかったが、彼女とは友達になれるかもしれない。

そう思ってニコニコしながらシャーロットを見つめてみた。

そして目が合う。

「……ふん！」

逸《そ》らされてしまった。

ローラは悲しくなり、肩を落とす。

※

「よし、一番手は僕が行くよ。命中率には自信があるんだ」

シャーロットよりも年上の男子が前に出て、そして手の平に魔力を集中させた。

放ったのは、水で作られた矢。

それは一直線に飛び、五十歩ほど先にいる精霊へ見事に命中する。が、精霊の持つ熱量であっという間に蒸発し、ダメージを与えることはできなかった。

「いい感じね。命中判定よ。じゃ、次の人」

二人目はエミリアとさほど変わらない歳の女性だった。

さぞ経験を積んでいるのだろうと思いきや、彼女は外してしまった。

三人目も失敗だ。

魔法を命中させるのは意外と難しいようだ。

「では、そろそろ、わたくしがお手本を見せて差し上げますわ」

四人目はシャーロット。

全身から自信がみなぎっている。

「おお、ついに出たぞ、ガザード家の長女」

「攻撃魔法適性120だからな……きっとすげーのを撃ってくるぞ」

「9999のせいで霞《かす》んでるけど、120も十分天才だしな」

「十分ってか、数十年に一人の逸材のはずだぞ……9999のせいでアレだけど」

あまり9999を連呼しないで欲しいと思うローラであった。

「光よ。我が魔力を捧《ささ》げる。ゆえに契約。敵を粉砕《ふんさい》せよ――」

シャーロットは言葉を紡《つむ》いだ。

流石《さすが》にローラも知っている。

これは呪文《じゅもん》という奴《やつ》だ。

魔法使いが魔法のイメージをよりハッキリさせるために唱《とな》える言葉。

普通なら、喋《しゃべ》りながら何かをすると気が散るようにも思える。

しかし優れた魔法使いは呪文を詠唱《えいしょう》することにより、自らの精神を改変し、魔法の効果を高めるらしい。

そう母に教わった。

横で聞いていた父は、魔法使いらしい小細工《こざいく》だと切り捨てていた。

だが、目の前で呪文詠唱し、魔力を高めているシャーロットの姿は……端的に言って、格好良かった。

美しかった。凛々《りり》しかった。見惚《みと》れてしまった。

剣術こそ至高と信じてきたローラが、よりにもよって魔法使いの少女に目を奪われた。

そして、シャーロットの手の平から閃光《せんこう》が走った。

白く輝く光の砲撃だ。

今までの生徒とは明確にレベルの違う威力。

それは空間そのものを切り裂くように炎の精霊へ直撃し、貫通した。

精霊を構成した炎が散る。そのまま消える。

更に光の砲撃は、精霊の後ろの壁に衝突し轟音《ごうおん》を響かせた。

「はい、お見事、シャーロットさん。まさか入学初日の生徒に、炎の精霊を倒されるとは思ってなかったわ」

「ふふ。このくらい、ガザード家として当然ですわ」

そう言ってシャーロットは金色の髪を手でかきあげた。

平静を装いたいのだろうが、先生に褒《ほ》められたのが嬉しかったようで、頬《ほお》が紅潮している。

かなり分かりやすい性格なのかもしれない。

「そして皆。この訓練場の結界の強さも分かったでしょう？　あれほどの威力の魔法でも、ほら。壁に焦《こ》げ目すらついていない。それは空に向かって撃っても同じこと。外に迷惑はかからない。だから皆、安心してぶっ放してね」

エミリアは新しい炎の精霊を召喚した。

それから五人目、六人目と生徒たちが挑戦していく。

その様子をローラはずっと後ろから見ていたが、命中させることができる生徒は、全体の七割くらいだ。

精霊を破壊できた生徒といえば、それはシャーロット唯一人《ただひとり》。

少し……いや、かなりがっかりだ。

シャーロットの魔法で期待してしまった分、そのあとの生徒たちの不甲斐《ふがい》なさに腹が立つ。

なんだ、この人たちは。

命中させるだけで限界か。

これが剣なら、何の訓練もしていない者でも当てることができるぞ。

やはり魔法は駄目だ。剣のほうが素晴らしい、と思わずにいられない。

「残っているのはローラさんだけね。さ、さ。思いっきりやってちょうだい」

「ふふん。お手並み拝見ですわ」

エミリアとシャーロットが、期待を隠そうともせずローラを見つめた。

また、他の生徒たちも似たようなもので、適性値9999がどんな魔法を出すのかと注目してくる。

（うわぁ……緊張するなぁ。けど、これで本気でやってショボイ魔法しか出なかったら、それを理由に戦士学科に入れてくれるかも！）

「で、ではローラ・エドモンズ、行きます！」

全員の視線を浴びながら、一歩前へ。

手の平を炎の精霊に向け、意識を集中。

呪文を唱えよう。

理屈は知らないし、技術もないし、鍛錬も積んでいない。

だが今日見た中では、シャーロットのやり方が最もしっくり来た。

真似をさせていただく。

「光よ――」

このあとに続く言葉は〝我が魔力を捧げる。ゆえに契約。敵を粉砕せよ〟だった。

しかし頭の中で唱えてみても、いまいち違うような気がする。

ゆえに自分流にアレンジだ。

「我が魔力を喰《く》らえ。集《つど》え、従え、平伏せよ。そして命じる。万象《ばんしょう》を蹂躙《じゅうりん》せよ。王が誰かを知るがいい――」

はて？

自然とスラスラ呪文が口から出てきたが、やたらと仰々《ぎょうぎょう》しい。そして威圧的だ。

こんな上から目線で精霊が言うことを聞いてくれるのだろうか。

ローラがそう疑問に思っていると。

「あ、ちょっ、ローラさん！　ストップ！」

「へ？」

エミリアが止めたときにはすでに遅かった。

ローラの手の平から光の砲弾が……否《いな》。光の破城槌《はじょうつい》が放たれたあとだった。

訓練場の全てが光に包まれる。

明るすぎて目を開けているのが困難だ。

顔面を熱波が叩《たた》く。

やがてローラが放った破城槌は炎の精霊に衝突し、一瞬で消滅させ、そのまま訓練場を包む防御結界へ突っ込んだ。

地震が起きた。

大気も震えている。

そして、空がひび割れた。

「あぁぁ！　あぁぁぁっ！　防御結界、修復、強化！　新結界構築、生徒を守護せよ、強化、強化、強化、強化ァァッ！」

エミリアは悲鳴を上げて、色々と魔法を使っている。

ローラは見ているだけで、その全てが手に取るように分かった。

まず、訓練場の結界の修復と一時的な強化で、破城槌の爆発が外に漏れないようにしたようだ。

それから、ここにいる生徒全員とエミリア自身を包み込む新しい結界を作り、あらん限りの魔力で強化。ひたすら強化。

が、間に合わない。おそらくエミリアの作った結界には穴が空き、生徒に少なからず被害が出るだろう。

ならば元凶であるローラが新結界を更に強化してやればいいだけの話。

「……強化」

小さく呟き、エミリアの結界に自分の魔力を上乗せする。

他人の魔法に割り込むというのが、どれほど高等テクニックかまるで自覚しないままローラは平然とやってのける。

そのおかげで全員が無傷だった。

被害も外に広がらなかった。

だが、焦げないはずの壁が真っ黒になっている。

エミリアの判断とローラの強化が一瞬遅れていたら……どうなっていたことやら。

「え、マジで……え、ローラさん、もう既に私より強い？　ギルドレア冒険者学園の教師にしてAランク冒険者、そして〝竜殺し〟の異名を大賢者様から与えられた私より……え、え？　そんな、流石にそれは……ない！」

エミリアは何やらブツブツ言ってから、自分の頬《ほお》をパンッと叩《たた》いた。

そうやって動いたのは彼女だけで、他の全員はポカンと突っ立っていた。

声を発する者すらいない。

そして当のローラは、自分の手の平を見ながら——興奮していた。

「あの光を、あの威力を……私の力で……？」

父と母に知られたら怒られるだろう。

しかし、味わってしまったのだ。

魔力を錬《ね》って、思いきり放つ。

剣では味わえない、特上の破壊力。
これは、病《や》みつきになってしまう。
（いや、駄目よ！　私はローラ・エドモンズ。剣士を夢見る少女なんだから！）

第二章

友達ができました

入学初日の授業は、訓練所で行われたテストだけで終わりだった。

そして教室に戻り、担任であるエミリアから締《し》めの挨拶《あいさつ》を聞いて解散だ。

「えー、今日は入学初日ということもあり……皆さん疲れているでしょうから、真《ま》っ直《す》ぐ寮に帰って休んでください。特に午後は疲れましたね……先生も疲れました。では解散」

どう見ても一番疲れているのはエミリアだった。

頬《ほお》がげっそりしている。

「あー……そうだローラさん。あなたの荷物、保健室に起きっぱなしだから。寮に運んでおいてね。それじゃあ……」

エミリアはそう言って、教室から出ていった。

それから生徒たちも立ち上がり、わいわい騒《さわ》ぎながら教室を出たり、残って雑談したりしている。

ローラはその輪に入ることができない。

どうやら午前中のうちに、ある程度グループが出来上がってしまったらしい。

とはいえ、ローラが無視されているというわけではなく、皆、こちらにチラチラと視線を向けてくる。

しかし、話しかけては来ない。

興味が半分。恐怖も半分。

(訓練場で、やらかしすぎた……?)

魔法使いのことをほとんど知らないローラでも、自分の力が他《ほか》の生徒と違うというのは理解した。

「ローラさん、ローラさん。あなた午前中寝ていたから、女子寮の場所を知らないでしょう?」

ローラがボンヤリしていると、不意に話しかけられた。

視界の端《はし》に映《うつ》ったのは、黄金《おうごん》の螺旋《らせん》。

シャーロット・ガザードだ。

「あ、はい……でも誰《だれ》かに聞けば……」

「わたくしが案内しますわ」

「へ?」

それは意外すぎる一言だった。

てっきりシャーロットには嫌われているものと思っていたのだが。

「何を呆《ほう》けていますの? わたくしとあなたは同室。今から部屋に行くので、あなたはついてきなさい」

なるほど。そういう理由か。

しかし、無視されなかっただけでも嬉《うれ》しい。

ローラはついつい頬を緩《ゆる》めてしまう。

「な、何をにやけていますの……？」

「何でもないです。それより、保健室に荷物を取りに行っていいですか？」

「ええ。わたくしがその程度も待てない狭量《きょうりょう》な人間だとお思いで？」

「シャーロットさん、優しい人なんですね！」

「え、このくらいで⁉」

そしてローラはシャーロットと一緒に保健室に行き、荷物を回収してから寮に向かった。

その間、ほとんど会話はなかったが、クラスメイトと並んで歩くというだけでローラは楽しかった。

どうしてこんなに楽しいのか、自分でも最初は分からなかった。

だが、よく考えてみれば、小さい頃《ころ》から（今も小さい）ずっと剣の修行ばかりで、年の近い人と遊んだ覚えがほとんどなかった。

つくづく父親の教育は偏《かたよ》っていたのだなと思い知る。

その偏りもまた楽しかったのだが……ここで一つ、まともな学園生活を送ってみよう。

「ここが私たちの部屋ですわ」

「ありがとうございます。おお、結構広いですね」

ベッド。タンス。机。それぞれ二つずつ。

暮らしていくのに最低限のものが用意されていた。

ランタンも一つだけあるが、魔法学科の生徒は自分の魔力で明かりを作れるので、これは不要である。

ローラは着替えやタオルなどが入った鞄《かばん》、それから愛用の剣を床に降ろし、ベッドに腰掛けた。

結構いい布団《ふとん》だ。ふかふかしている。これなら授業で多少疲れても、一晩眠れば元気になるだろう。

「シャーロットさん。これから卒業まで、よろしくお願いします！」

「……ええ、よろしく。けれどローラさん。一つだけハッキリさせておきますわ」

「何ですか？」

「わたくし、誰とも必要以上になれ合うつもりはありませんの。わたくしの当面の目標は、学園最強の生徒になること。つまり全員がライバル。特にローラさん。あなたは敵ですわ！」

そう言ってシャーロットはローラをビシッと指差した。

「え、敵⁉」

「そうですわ。さっきの訓練場での一撃。あれは何ですの。わたくしとソックリな魔法でありながら、わたくしよりも遥《はる》かに高威力。当てつけですの？　嫉妬《しっと》と受け取ってくださっても構いませんが……正直、不愉快でしたわ！」

不愉快。そう言ったシャーロットの表情には、本当に怒りが浮かんでいた。

「わ、私は……ただ……」

ただ、シャーロットの魔法が格好よかったから。

それだけの理由で真似《まね》をしたのだ。悪意なんてなかった。

しかし、シャーロットの立場になって考えれば、確かにバカにされたように感じるだろう。

ローラがやったことは、お前にできることは自分ならもっと上手にできるのだぞ、と。そう言ったのと同じだった。

「ごめんなさい……私、魔法のこと分からなくて。今日見た中でシャーロットさんが一番素敵だったから、つい真似しちゃって……あんな威力になるって自分でも知らなくて……シャーロットさんの気持ちも考えずに、私は……」

謝り方すら分からない。

今の言葉も、はたから聞けば自慢に聞こえるかもしれない。

どうしてこうなってしまったのだろうか。

戦士学科に入って、クラスメイトと切磋琢磨《せっさたくま》して、友達を作って、放課後は居残って剣の稽古をしたり、街に遊びに行ったり――そんな学園生活を想像していたのに。

これでは友達一人作ることすらままならない。

魔法のことも好きになりかけていたのに……。

「は、え、ちょっと、何を泣いていますの……!?」

「だって、私、シャーロットさんに酷《ひど》いことを……」

「いえ、ローラさんは何も、わたくしが勝手にひがんでいるだけで……ああ、もう、これではわたしくが完全に悪役ですわ！」

シャーロットはハンカチを手に取り、ローラの涙を拭《ふ》き取る。

「今のはわたくしが悪かったのです。謝ります。ごめんなさい。ですから、泣くのはおやめなさい」

「許して、くれるんですか？」

「ですから、許すも何も、悪いのはわたくしです。自分よりずっと年下の少女に本気で嫉妬するなんて、我ながら恥ずかしいですわ。負けたなら、努力していつか勝てばいいだけのことなのに……」

努力して、いつか勝つ。

当たり前すぎるほどの正論だ。

きっと、どんな世界でも、それは基本の考え方。

だが、ローラの魔法適性値はオール９９９９なのだ。

努力でどうにかなるものなのか？

普通なら諦《あきら》めるものではないのか？

「ローラさん。わたくしの攻撃魔法適性は１２０です。他の魔法適性も１００前後。つまり、あなたの約百分の一ですわ」

つまり、追いつくのは不可能――。

「つまり、ローラさんの百倍努力すればいいだけのこと。負けませんわ。この学園で最強の魔法使いになるのは、このシャーロット・ガザードです！」

ローラはハッとして顔を上げた。

シャーロットは真《ま》っ直《す》ぐにこちらを見ていた。

「ローラさん。あなたは良くも悪くも特別ですわ。きっと、色々なことを言われるでしょう。陰口を叩《たた》かれるでしょう。わたくしのように嫉妬をする者。面と向かって悪口を言う者もいるでしょう。

ですが、つねに全力でいてください。他人に遠慮して手加減をしないでください。わたくしは必ず追いつきます。あなたに勝ちます。手心《てごころ》を加えることは、他人に対する侮辱《ぶじょく》と知りなさい！」

ああ、魔法の世界にも、こんなに真っ直ぐな人がいるのか。

まるで剣を握っているときの父のような瞳《ひとみ》だ。

ローラは、なぜシャーロットを格好いいと思ったのか、真に理解した。

彼女は疾走《しっそう》する光だ。

前だけを見つめて突き進む輝きだ。

そんな彼女が今、自分を見つめている。

何と答えればいい？

ありがとう？　よろしくお願いします？

否《いな》。何だ、その寝ぼけた台詞《せりふ》は。

父と母から何を学んだ。

戦士と魔法使いという違いはあれど、言うべき言葉に変わりはない。

そう。たった一つのシンプルな答え。

「私、負けませんよ！」

この瞬間、ローラとシャーロットは友達となった。

※

ローラとシャーロットは一緒に学園の食堂に行き、晩ご飯を食べた。

ローラはオムレツとサラダ。シャーロットはビーフシチューを頼んだ。

(このオムレツ……悪くはないけど、お母さんが作ったやつのほうが美味《おい》しいな)

一日目で早くもホームシックになりそうなローラだった。

それから寮の大浴場で一日の汚れを落とし、パジャマに着替えて部屋に戻る。

「ねえねえ、シャーロットさん。どうせならベッドをくっつけましょうよ」

「……なぜですの?」

「だって、そっちのほうが楽しそうじゃないですか!」

「まあ、別に構いませんが、結構重いと思いますわよ」

「大丈夫です! 私、もともと戦士学科に入る予定でしたから。よいしょ!」

ローラは一人で軽々とベッドを持ち上げ、もう一つのベッドに隣接させた。

「……小さいのに大したものですわ」

「えへへ、お父さんとお母さん譲《ゆず》りの腕力です」

そして二人でベッドに寝そべる。

せっかくベッドをくっつけたのだから、本人同士もくっつかなければ損だろうという理屈で、ローラはシャーロットの隣までコロコロと転がっていく。

「あ、暑苦しいですわ!」

ドンっと跳《は》ね返されてしまった。

残念である。

「シャーロットさん。寝る前にちょっとお話ししましょうよ。ここに来る前の話とか。卒業したら何したいかとか」

「早く寝たほうがいいのでは？　明日も授業があるのですから」

「ちょっとだけです。私、シャーロットさんのこと、もっと知りたいです！」

「……あまり長くは付き合いませんわよ？」

「はい！」


まったく、困った娘《こ》と同室になってしまった、とシャーロットは苦笑した。

シャーロットのことが知りたいなんて言っておきながら、一方的に自分語り。

父がどんなに強い剣士であるか、とか。母の作ったオムレツがもの凄《すご》く美味しい、とか。故郷の町の近くに綺麗《きれい》な湖があって、よく釣《つ》りをしていた、とか。学園に辿《たど》り着く前に王都で迷子になりかけた、とか。

散々語ってから、先に眠ってしまった。

「わたくしは何も話していませんのに」

その寝顔は年相応に子供っぽくて、とても可愛《かわい》らしくて、見ているだけで微笑《ほほえ》んでしまう。

しかし、この子は怪物《かいぶつ》だ。
訓練場で見せたあのバカげた威力の魔法。
おそらく、あれは限界ではない。
あんなものでは済まない。魔力を絞り出していない。
そして、まだまだ成長する。
自分はこの子に本当に勝てるのか？
威勢のいいことを言ってしまったが、自分でも信じているのか？
適性値９９９９。
その真価をまだ誰も目撃していない。
いや、それでも。
相手が誰であろうと勝ってみせる。
そう決めて入学したのだ。
ならば単純。自分でも言ったとおりだ。
ローラの足を引っ張ったりはしない。その上でローラの百倍努力し、越える。
勝つとはそういうことだ。
「にしても……眠れませんわ」
隣でスヤスヤ熟睡しているローラが羨《うらや》ましい。
よく新しい環境ですぐに眠れるものだと感心してしまう。

しかも、この子は午前中ずっと眠っていたはずなのだ。

熟睡適性というものがあったとしたら、それも9999なのだろう。

「布団が違う。枕《まくら》も違う。そして何よりも……」

実家でいつも抱いていたぬいぐるみがない。

シャーロットはあれがないと眠れないのだ。

とはいえ、もう十四歳。

いつまでもぬいぐるみを抱いて寝るのはみっともない。

まして学園の寮は二人部屋。

これを機会にぬいぐるみから卒業しようと考え、実家に置いてきたのだが。

眠れない。

疲れているのに眠れないという理不尽な状態に置かれている。

「……もうこうなったら、奥の手を使うしかありませんわ」

シャーロットはローラを見る。

この九歳の少女。大きさがあのぬいぐるみと同じなのだ。

さっき大浴場に入ったときからずっと思っているのだが、とても抱き心地がよさそうだ。

ああ、もう我慢《がまん》できない。

そっと抱いて、そしてローラが起きる前にこちらが起きれば、きっとバレない。

問題ない。

「ローラさん……失礼しますわ……！」

意を決して抱きしめる。

その瞬間、至福の感触を全身で感じ取った。

あのぬいぐるみと同等。いやそれ以上の心地よさ。

匂《にお》いもいい。風呂《ふろ》上がりだからか？　それともローラ自体がこの香りを放っているのか？

いずれにしても、これは素晴らしい。

楽園だ。

(昇天《しょうてん》しそうですわ！)

こうしてシャーロットは何とか安眠することができた。


そして次の日の朝。

「わ、私どうしてシャーロットさんに抱きつかれてるの⁉　何があったの⁉　シャーロットさん起きて！　私、動けません！」

「すやぁ……」

「うぅ……何だかとても幸せそうな寝顔です。まだちょっと早いし、二度寝しようかな……」

そのまま寝坊し、仲良く朝礼に遅刻し、エミリアに叱《しか》られてしまう二人であった。

※

魔法学科の授業は、座学六割、実技四割だった。

まだ入学したばかりなので、まずはしっかりした知識をつけさせるという方針らしい。

座学では世界史。今現在の世界情勢。モンスターの分布。その対処法。魔法の歴史、理論などを学んでいる。正体不明の古代文明に関する小ネタなんかも教えてもらった。

それから実技。これはローラにとってアクビが出るものだった。

エミリアが放った弱々しい攻撃魔法を防御魔法で防ぐとか、魔力の放出を一時間続けて持久力をつけるとか、遠く離れた目標を撃《う》ち抜く訓練とか、とにかく退屈だ。

どれもこれも容易《たやす》い内容である。

しかしクラスメイトにとっては難しいらしく、ローラとシャーロット以外は苦戦していた。

そのことをシャーロットに愚痴《ぐち》ると、意外と常識的な意見が返ってきた。

「授業の進みが遅いのは仕方がないですわ。いくらこの学園が落ちこぼれを容赦《ようしゃ》なく切り捨てるからといって、適性値100の人間に合わせるわけにはいきません。基準は50。それですら一般的には優秀といわれる部類なのです。まあ、もどかしいというのは同意しますが、いずれ授業のレベルは上がります。それまでは放課後に自主練をするのがよろしいでしょう。わたくしは既にそうしていますし」

そう、それもローラの不満の原因だった。

入学してから今日で四日目。

一緒に寮に帰ったのは初日だけで、あとは別々だ。

シャーロットが図書館にこもったり、先輩に果たし状を送りつけて訓練場で決闘したりしているからである。

この学園。決闘は校則違反どころか、むしろ推奨《すいしょう》されているらしい。

生徒の向上心を促すとかいう理由で、教師の立ち会いさえあれば、訓練場や闘技場で生徒同士が戦うことができる。

また教師も教師で、生徒同士の決闘を見るのが趣味という困り者が多く、立会人が不足するということもない。

今のところローラには、図書館にこもって勉強するほどの向上心はない。シャーロットには「負けない」と言ったが、授業だけで脳が疲れてしまい、放課後まで座学をやる気になれなかった。

もちろん、先輩に果たし状を送りつけるというのは論外だ。

自主練も何をやっていいのか分からない。

そもそも練習とか訓練と呼ばれるものは、達成目標があるからやるのであって、自分より強い魔法使いを知らないローラにとって、目標など立てようもなかった。

教師であるエミリアが本気を出せば、あるいはローラより強いのかも知れない。

しかし、しばらくエミリアの本気を見る機会はないだろう。

ゆえにローラは放課後を持て余していた。

なにせシャーロット以外に友達がいないのだ。

クラスメイトに話しかけて友達を増やせばいいのだが、全員年上なので気後《きおく》れしてしまう。しかも何を話していいのかも分からない。

剣の話ならいくらでもできるのだが……。

ゆえにローラは時間を持て余し、自室で剣を布でピカピカに磨《みが》き上げる毎日を過ごしていた。

しかし、ふと思い至る。

(あ、そうだ。戦士学科でも居残りしてる人がいるかも。特に剣の適性値が98だったアンナさん。あの人も授業が退屈で、自主練していると思う！)

見に行こう。あわよくば混ぜてもらおう。

そして、そして。友達になってもらおう。

(善は急げ！)

剣を鞘《さや》に収めベルトで縛《しば》って腰に固定する。

そして戦士学科の訓練場を目指した。

ギルドレア冒険者学園は、校舎と寮こそ戦士学科と魔法学科で共通だが、訓練場は別だった。

戦士と魔法使いではやるべき訓練がまるで違うし、それに訓練場が一つだけでは足りないという理由もある。

戦士学科の訓練場が近づくにつれ、カーンカーンと金属がぶつかる音が聞こえてきた。

そして中は、熱気に包まれていた。

剣と槍《やり》で模擬戦を行っている生徒がいる。

素振《すぶ》りをしている生徒もいる。

弓矢の練習をしている生徒もいた。

鏡の前で型を確かめている生徒。筋トレをしている生徒。瞑想《めいそう》している生徒。

(これ、これよ！)

ローラはたまらず身震《みぶる》いした。

今まで自分と父だけで稽古していたのに、こんなに沢山《たくさん》の人が剣を振っているなんて。

剣士だけでなく、槍士も斧《おの》士も弓士も格闘家も、全員が親戚に見えてしまう。

そんな親戚たちを見回し、ローラは目当ての者を探した。

「あ、いた！」

訓練場の端で、一心不乱に剣を振り下ろす、赤い髪の少女。

ゾクリと毛穴が逆立つほどの集中力で自分の世界に入っている。

しかもバカげた大きさの剣だ。

刃渡りはローラの身長よりも長く、幅と厚みは辞書並み。

そんな鉄塊の如《ごと》き剣で、幼《おさな》い少女が素振りをしている。

冗談のような光景だが、それこそローラがギルドレア冒険者学園に求めていたものだった。

「アンナさん！」

ローラは彼女に駆け寄って名前を呼んだ。

その刹那《せつな》。

アンナの剣の軌道が変化し、ローラの首元を狙《ねら》って走った。

それに対してローラは瞬時に反応。腰から剣を抜いて受け止める。

訓練場全体に、甲高《かんだか》い金属音が響き渡った。

腕がビリビリと震える。

防御していなかったら、間違いなく首が飛んでいた。

「あ」

アンナは自分がしでかしたことに気付いたようで、剣を降ろし、目を泳がせる。

「ごめん……いきなり走ってきたから」

「ううん。私こそごめんなさい。ちゃんと防御できたから大丈夫です。それより、凄い剣ですね！　そして、それを扱うアンナさんも！　私がそんなに大きな剣を使ったら、きっと逆に振り回されちゃいます」

「あ、ありがとう……」

アンナは照れくさそうに頭をポリポリかいた。

素直な反応だ。やはり友達になれそう、とローラは安心する。

「あの、アンナさん。私とちょっと模擬戦やってみませんか？」

「それは、願ってもないこと。私もあなたに興味があった。けど、あなたは魔法学科に転籍《てんせき》になったはず……」

「そうですけど。やっぱり剣は好きですから。我慢できずにここに来ちゃいました！」

そうだ。我慢ができない。

とにかく剣を振り回したい。

最悪、一人で素振りを続けるという手もあるが、どうせなら相手がいたほうが、楽しい。

「……分かった。相手したげる」

「ありがとうございます！」

と、両者の間で合意がなされた瞬間。

「ちょっと待った！」

思わぬところから横槍が入った。

それはまさに槍を持った男だった。

年齢は四十代半ばくらい。ローラの両親より年上だろう。

制服を着ていないので、教師だと思われる。

「なに、先生。模擬戦をしちゃ駄目？」

アンナは恨《うら》めしそうに呟《つぶや》いた。

「模擬戦自体は駄目じゃないが……相手が悪い。こいつは魔法適性オール９９９のローラ・エドモンズじゃねーか。ここにいること自体が問題だ。もしここで体力を使い果たして、明日の授業に差し支えたら、俺《おれ》が魔法学科の教師から文句を言われる」

「でも、戦士学科と魔法学科の共同訓練は、むしろ推奨されてるって授業で習った」

「相手が普通の奴《やつ》ならな。それに一年で共同訓練やる奴なんてほとんどいない。まずは自分の専門分野の基礎を固めろ。二年になってからでも遅くはない。というわけでローラ。お前は帰れ！」

その教師はハエでも払うかのように、手の平をヒラヒラさせる。

せっかく念願のアンナと話せて、更《さら》に模擬戦をこれから一発かますところだったのに。

それを邪魔され、ローラは頭に血が上りそうだった。

「お、横暴です！　戦士学科に入りたかったのに勝手に魔法学科にされて……それでも我慢して授業を受けて、せめて放課後くらいはと思ってここに来たのに、それすら駄目だっていうんですか⁉　私は、剣が好きなんです！　才能だってあるはずです。だってお父さんの娘ですから。お願いします。放課後だけでいいから、ここにいさせてください！」

ローラは教師にしがみつき、必死に訴えた。

これほど一生懸命、誰かに何かを懇願《こんがん》したのは初めてかもしれないというほどに。

「そりゃ……お前さんの剣の適性は107だからな。間違いなく天才だ。しかし、ただの天才だ。それに比べて魔法適性オール9999ってのは前代未聞なんだよ。かの大賢者様だって3000～6000らしいからな。そもそも、あの装置で測定できる限界が9999ってだけで、お前さんの適性値はもっと上かもしれないんだ。正直、俺だってお前を鍛えてみたい。どこまで伸びるか楽しみだ。しかし……お前が魔法を学ばないのは人類の損失なんだ。だから……諦めよう、お互い！」

「そんな……それでも私は剣の修行がしたいです！」

そう叫んでから、ローラはわんわん大声を出して泣いてしまった。

恥《はじ》も外聞《がいぶん》もなく泣きじゃくった。

魔法が嫌いなわけじゃない。シャーロットのおかげで好きになれそうだ。

しかし、それとこれは別問題。

剣を捨てるなんて不可能だ。

ローラの目標は父のような、いや父を越える剣士になること。

それを諦めろなんて、残酷にもほどがある。

「あの……前を通りかかったらローラさんの泣き声が聞こえたんだけど、何があったの?」

と、そこにローラの担任であるエミリアがやってきた。

「おお、エミリア。丁度《ちょうど》いいところに来た。ご覧の通りだ。ローラがうちの生徒に剣で模擬戦を挑んでな。止めたら泣き出したんだ。この子の気持ちも分かるが……あとは任せた!」

「ああ、そういうこと。さ、ローラさん。帰りましょ。練習がしたいなら、私がいくらでも付き合ってあげるから」

「嫌です嫌です! 私は剣がいいんです! 魔法の練習は授業中にしてるじゃないですか!」

「あら。魔法は奥が深いのよ。いくら練習したって終わりってことはないの」

「でも、自分より弱い人に教わることなんてありません! 先生、私より弱いじゃないですか!」

ローラは本音をぶちまけた。

普段なら思っていても言わないことだが、今はもう、エミリアが自分の邪魔をする敵にしか見えなかったのだ。

その瞬間、ピキッと何かが千切《ちぎ》れるような音がした。

そしてエミリアのこめかみがピクピク痙攣《けいれん》し、青筋が浮かんでいた。

「弱い……？　この私が……ドラゴンを単騎で倒し、大賢者様に〝竜殺し〟の二つ名を授《さず》かったこの私が……こないだ入学したばかりのちびっ子より弱い？　はっ！　適性値9999だからって調子に乗りすぎよローラさん！」

「ドラゴンを倒したからって何ですか！　私のお父さんとお母さんは、一対三でも余裕だって言ってましたよ！」

「くっ……あなたの両親は関係ないでしょ！　今はローラさんの話をしてるの！」

エミリアは本気で怒っているようだ。

しかしローラも引くわけにはいかない。

剣を否定されるということは、人生を否定されたのと同じなのだ。

適性値なんて糞《くそ》喰らえだ。

放課後に好きなことをやって何が悪い。

「お、おいエミリア……子供相手に大人げないぞ」

槍を持った男性教師がエミリアをたしなめようとした。

「先輩は黙っていてください！」

が、一蹴されてしまう。怒ったエミリアはとても怖い。

「……ローラさん。そこまで言うなら、私と戦いましょう。明日、午前の授業で。クラスの皆の前で。そろそろ魔法合戦がどういうものか見せる頃合いだと思っていたところです。あなたを教材にしてあげましょう！」

「望むところです！　私が勝ったら、放課後に剣の練習をすることを認めてくれますね⁉」

「もちろんです。その代わり、先生が勝ったら、ローラさんは卒業まで魔法一筋ですからね。いいですね！」

「いいですよ。だって私が勝ちますから」

「その自信、へし折ってあげるわ！　それが教師としての役目です！」

エミリアは顔を真っ赤《まか》にして踵《きびす》を返し、肩を怒らせて訓練場から出て行った。

ローラもまた鼻息を荒くし、エミリアの背中を睨《にら》み付け、あかんべーをする。

「……エミリア、大人げねぇにもほどがある……ドン引きだわ」

男性教師は呆《あき》れた声を出していた。

対して、周りで聞いていた生徒たちは、目を輝かせていた。

教師ＶＳ生徒。

それも美人教師と適性値９９９９の新入生というカード。

注目を集めるに決まっている。

「先生！　明日の午前の授業は、魔法学科の授業を見学しませんか⁉　たまには他の分野を見るのも勉強になると思います！」

「賛成！　ちなみに俺はローラちゃんが勝つ方に賭《か》けます！」

「じゃあ俺はエミリア先生に。俺、あの先生のファンなんだよ」

「ああ、眼鏡《めがね》がいいよな」

「何の話だよ」

そんなアホなノリが場を包み、そして槍使いの男性教師まで「うーん」と唸《うな》り、悩み始めた。どうやら彼も興味があるようだ。

それからアンナが、ローラの制服をクイクイと引っ張り始める。

「……あなたは勝たなきゃ駄目。私、あなたと一緒に剣の練習がしたい。だから……」

アンナは大きな瞳で見つめてきた。

まるでリスみたいな印象を受ける。

だが、その奥底で闘志がメラメラと燃えているのがよく分かる。

彼女もまた、好敵手を探していたのだ。

ならば、応《こた》えねばならない。

ローラとてアンナと戦いたいのだ。技を磨き合いたいのだ。

「大丈夫です。私、魔法が得意らしいですから。必ず勝ちます。そして、その次にアンナさんにも勝ちますよ」

「……それは楽しみ」

ローラが不敵に笑うと、アンナもうっすらと笑みを浮かべた。

一番強いのは私。互いがそう思っているのだ。

そうでなければ上を目指すなど、とてもとても。

※

「ところでローラさん。あなたバカではありませんの？」

「え、唐突になんですか⁉」

夜。自室でくつろいでいたローラは、シャーロットに突然、バカ呼ばわりされてしまった。

何の前振りもないし、心当たりもなかったので、怒るよりも先にポカンとしてしまう。

そんなローラの顔が気に入らなかったらしく、シャーロットはますます眉《まゆ》を吊《つ》り上げ、そして頬をムニッとつねってきた。

「いた、痛いですよシャーロットさん！」

「当然の報いですわ！」

彼女は本当に立腹しているらしい。

だが、ローラには何のことやら分からないので、謝ることもできない。

「その顔はピンときていない顔ですわね。あなた今日、戦士学科の訓練所に行ったあげく、エミリア先生にケンカを売ったというではありませんか！」

「……ああ、そのことですか」

「ああ、じゃありませんわ！　わたくしですら戦士学科に殴り込んだりしていませんのに。わたくしですら教師にはまだ果たし状を送っていませんのに！」

「いや、別に殴り込んだわけじゃないですし。果たし状も送ってないですよ」

戦士学科の訓練場には、遊びに行くような感覚でお邪魔しただけ。エミリア先生との一件は、流れでああなったのだ。

シャーロットのように、学園でトップをとってやろうという野心からの行動では断じてない。

「まったく……こんな大人しい顔をしておきながら、やることは派手ですわね！」

シャーロットはローラの両頬をグイグイと引っ張ってくる。

「痛いです、やめてくださぁい！」

「やめませんわ、おしおきですわ！」

「ふぇぇ……」

「な、なんて柔らかいほっぺ……病みつきになってしまいますわ！」

「シャーロットさん、目的が変わってますよぅ」

それから数分後。ローラのほっぺはようやく解放された。

触ってみると、少し伸びてしまったような気がする。

イジメじゃないのか、これは。

「もう、シャーロットさん、酷いです！」

「ローラさんがお可愛らしい顔で誘惑するのがいけないのですわ！」

「そんなことをした覚えはありません！」

ローラの顔はずっとこれだ。

顔が頬を引っ張る正当な理由になるというなら、ローラは四六時中誰かに引っ張られることになる。

きっと頬が地面まで垂《た》れ下がってしまうだろう。

「まあ、ほっぺの件はともかく……大丈夫ですの？　エミリア先生はお若いですが、Aランク冒険者。間違いなく超一流。才能だけではどうしようもない経験の壁がありますわ。あなた、負けたら卒業まで剣を使ってはいけないという条件を出されたのでしょう？　いいのですか？　今からでも謝れば許してくれるのでは？」

そう言われ、ローラは目が点になった。

シャーロット・ガザードともあろう人が、なんて腑《ふ》抜けたことを考えているのだろうか。

「シャーロットさんが私の立場だったとして、負けるのが怖いから先にごめんなさいしますか？」

今度はシャーロットが「うっ」と唸る。

そう。

これはローラとシャーロットのような人間にとって、当たり前の話。

上を目指す。強くなりたい。それを実現する手段は多々あれど、二人とも不器用だ。

この数日、語り合っただけでよく分かる。

似た者同士。

迂回《うかい》が下手くそ。猪突猛進《ちょとつもうしん》しか知らない。立ち止まって考えるくらいなら体当たりをくり返す。

非効率的なように思えて、これが一番の近道だ。

この生き方をやめた途端、どうしていいか分からなくなってしまうだろうから。

「……確かに、妄言《もうげん》でしたわね。では、話題を変えましょう。どうやって勝つおつもりで？　わたくしたちはエミリア先生の手の内をほとんど知りませんわ。戦術の立てようもない。やれることは唯一《ただ》つ。今自分にできるあらゆる技を叩き込む。つまり、力の真《ま》っ向《こう》勝負。いくらローラさんが適性値オール９９９９だとしても、Ａランク相手に分が悪いとしか言いようがありませんわ。なのに、あなたの顔を見ると……負ける可能性を考慮していないように見えるのですが……」

「まさか。私だって流石《さすが》にそこまで思い上がっていません。相手は先生。負けるかもしれないとは思っています」

正確に言うと、訓練場で口喧嘩《げんか》をしたときは、自信満々だった。

しかし、あとになって冷静になると、無謀《むぼう》だと認めざるを得ない。

とはいえ、もう一度同じ状況になっても、やはり同じことをするだろう。

なにせ、エミリアに勝てば、放課後に剣の練習ができるのだから。

「戦って勝つ。たったそれだけで私は望むものが手に入るんです。分かりやすい。実にシンプル。しかも負けたからって死ぬわけじゃない。卒業まで魔法に専念すればいいだけです。逃げる理由がどこにありますか。三年は長いですが、私はもう我慢できないんです。明日、エミリア先生を倒して放課後の自由を勝ち取ります。それ以外のことは考えていません」

「なるほど。ローラさん。あなた、本当にわたくしと考え方が似ていますのね。それにしても……」

と、シャーロットは一度言葉を切り、ため息を吐《つ》いて苦笑する。

「こうして他人の口から聞くと、なんてバカバカしい考え方だろうかと思い知らされますわ」

「ば、バカじゃないですよ！」

ローラは真面目《まじめ》にやっているのに。

どうして日に何度もバカ呼ばわりされてしまうのか。

まるで解《げ》せない。


「と、ところでローラさん……恥を忍んでお願いがあるのですが……」

「何ですかシャーロットさん。私にできることなら何でもしますよ」

明かりを消して暗くなった部屋。

お互いベッドに潜り込んで、さあ眠ろうという矢先。

シャーロットが歯切れの悪い口調で『お願い』なんて言い始めた。

ローラの知る限り、シャーロットはいつもハキハキしている。そんな彼女がオドオドしているのだから、きっと余程のことに違いない。

ローラは重いまぶたに鞭《むち》打って、彼女のお願いを聞く。

「あの、実はですね。わたくし昔から、寝るときにいつもぬいぐるみを抱いていまして……それがないと眠れなくて……そしてローラさんは、そのぬいぐるみと丁度同じ大きさなのです。ですから……」

「ああ！　それで毎日、目を覚ますとシャーロットさんが私に抱きついていてたんですね！　何事かと思いましたよ」

「はい……それで今日も……」

「いいですよ。むしろ嬉しいです。わーい、シャーロットさんに抱っこしてもらえる！」

ローラは母親にくっついて寝ていた昔を思いだしながら、コロコロ転がってシャーロットにぴったりと寄り添った。

「さあ、どうぞ！　私を好きにしてください！」

「で、では遠慮なく抱きしめさせてもらいますわ……！」

シャーロットは腕を回し、ローラをムギュッと自分の胸に押しつけた。

柔らかくて、温かい。

それはローラにとっても気持ちのいいことだった。

が、シャーロットの恍惚《こうこつ》っぷりには敵《かな》わない。

「はふぅぅ……なんて素敵な抱き心地……ローラさん、抱き枕適性９９９９ですわぁ」

「えへへ、ありがとうございます」

「ローラさん、卒業するまで成長してはいけませんわ。この大きさが至高なのですから」

「はい……って嫌ですよ！　私、ちゃんと大きくなりたいです！」

「駄目ですわ！」

「嫌です！」

「駄目！」

「嫌！」

そんなことを言い合いながら、数分後。

「……すやぁ」

「……ふにゅ」

抱きしめ合いながら、仲良く眠ってしまった二人であった。

第三章　先生にも意地がある

エミリア・アクランドは自分が優秀だという自負があった。

そもそも自分に自信がない者は教師になってはいけないと思っている。

生徒に対して失礼だろう。

そんなエミリアが冒険者を志したのは十四歳のとき。

故郷の村を襲ったオークとゴブリンの群れを、たまたま通りかかった大賢者によって救われたのだ。

生きる伝説カルロッテ・ギルドレア。

風になびく白銀《はくぎん》の髪が美しかった。後ろ姿が雄々《おお》しかった。オークとゴブリンを薙《な》ぎ払った一撃が眩《まぶ》しかった。

そして「もう大丈夫だから」と手を伸ばしてくれたときの微笑《ほほえ》みが女神に見えた。

その次の年、エミリアは王立ギルドレア冒険者学園に入学した。

三年後、首席で卒業し、Cランク冒険者となった。

そこからは破竹《はちく》の勢いで昇進し、たった二年でBランクまで上り詰める。

更《さら》にその一ヶ月後。

王都の近くに飛来したドラゴンを真っ先に感知し、単身で撃破した。

これによりAランクとなった。そのとき二十歳。
現存するAランク冒険者としては最年少だった。
そして憧《あこが》れの大賢者から〝竜殺し〟の二つ名を授《さず》かり、学園の教師として誘われた。
現在、二十三歳。
今でも自分が優秀だと疑いなく信じている。
教師としても今までは上手《うま》くやっていた。
だが、今年の新入生はおかしい。
エミリアの魔法適性は80~90。同期では随一の才能だった。
ところが今年は得意分野で80オーバーは珍しくない。90超えもいる。
シャーロット・ガザードなど、攻撃魔法適性120。天才の中の天才だ。
そして極めつけは、ローラ・エドモンズ。
魔法適性値オール9999。
もはや笑ってしまうようなデタラメな数値。
教師全員が、ローラの才能を前に浮《うわ》ついていた。
是が非でも魔法学科に入れなければと躍起《やっき》になった。
ある種のパニック状態だ。なにせ大賢者よりも才能があるのだから。
そしてエミリアは、魔法適性値オール9999の少女の担任になることを喜んでいた。
どう成長するのか楽しみにしていた。

単純に、並の天才の百倍の速度で成長する。卒業する頃《ころ》には自分よりも強くなっているかもしれない――そんな生ぬるい認識をしていた。

甘かった。

入学初日であの馬鹿《ばか》げた威力の魔法を放ち、あやうく新入生が皆殺しになるところだった。

そしてエミリアは生徒たちを守りきれなかった。

エミリアが構築した防御結界は、崩壊する寸前だった。

しかし、術式にローラが割り込み、魔力を流し込んで増強してくれた。

おかげで全員が無傷。何事もなく終わった。

「入学初日の九歳の女の子が、私の術式に割り込んで、あまつさえ増強してくれた……まったく、何てことかしら。私にだってプライドくらいあるのに」

悪気があってのことではない。

むしろ大惨事《さんじ》を防《ふせ》いでくれてありがとうと言うべき。

だが、そう素直になれないのが、自分の未熟なところ。

嫉妬《しっと》が先立つ。

今までの努力を尽《ことごと》く否定されたような気分になる。

自分が何年もかけて歩んできた道が、あの子にとっての第一歩なのだと見せつけられたのだ。

「その小さなプライドを守るため、生徒にケンカを売ってしまった……本当、何をしているのかしら、私」

本当なら放課後くらい、剣の稽古をさせてやってもいいのだ。

むしろ新入生たちがもう少し学校に慣れたら、エミリアのほうから言い出そうかとすら思っていた。

だというのにエミリアは「自分より弱い人に教わることなんてありません」という言葉でキレてしまった。

子供相手に、本気で。

教師失格。大人失格。

そこまで自覚しておきながら、エミリアは明日、ローラと決闘する。その予定に変更はない。

なにせこっちは冒険者なのだ。

冒険者に〝まともな大人〟がいるわけがないじゃないか。

自分より強い奴《やつ》を見つけたら挑むしかない。

そうでなくては冒険者とは言えない。

現にここの教師の大半は、大賢者に挑んで敗北した経験を持っている。

「大人げない」

そう言ってくる同僚がいた。しかし顔には「うらやましい」と書いてあった。

「お前が負けたら次は俺《おれ》だからな」

そう正直に言ってくる教師もいた。

実に実に、度《ど》しがたい集団だ。

普段は大人ぶって生徒に偉そうなことを言っているくせに。精神年齢は十代の頃から変わっていない。

戦いたくて戦いたくてウズウズしている。

ローラ・エドモンズという才能の塊《かたまり》を前にして、あれは自分とは違う生物だからと無視を決め込めるのは、まともな証《あかし》。大人の思考だ。

エミリア・アクランドは二十三歳だ。半年もすれば二十四歳になる。

だが明日、全身全霊をもってして、あの超天才を迎え撃《う》つ。

勝敗にかかわらずローラに放課後の自由を認めるつもりでいるから、これはもう、個人的な戦いだ。

無論、やるからには勝つつもりで。

※

ギルドレア冒険者学園には闘技場がある。

建てられた理由は、年に一回行われる生徒同士のトーナメントだが、普段の授業で使うこともある。

今日は〝魔法学科一年生の授業に使う〟という名目で、エミリア・アクランドの名で押さえられている。

授業の内容は、魔法合戦の手本を生徒たちに見せること。

本来、そういった授業は教師同士で実演してみせるものだが、今回は新入生のローラ・エドモンズが相手に選ばれた。

なぜか、と問う者はいない。

エミリアが他《ほか》の教師に協力を頼むと、誰《だれ》もが快く引き受けてくれた。

瀕死《ひんし》の重傷を負っても大丈夫なように、回復魔法のスペシャリストを待機させる。

闘技場の客席に被害が出ないよう、防御魔法が得意な教師を十人も配置させた。

この布陣だけで、今日ここで行われる戦いがどれだけの火力戦になるか、想像できるというものだ。

「あいつ生徒相手に本気で戦《や》る気だな」

「むしろ殺《や》る気なんじゃねーのか？」

呆《あき》れたような、感心したような。そんな同僚の声が聞こえてくる。

あながち間違いではない。

無論、本当に殺すつもりはないが、そのくらいの気持ちでやらないと、こちらが秒殺される。

「先生。今日だけはライバルですね！」

闘技場の上に立つローラは、剣を持っていなかった。

エミリアが剣を持参してもいいと伝えたのに、今日は魔法合戦なのだから剣はルール違反だとローラから拒否した。

それにしても、何て無邪気《むじやき》な表情だろうか。

エミリアは安心した。

萎縮《いしゅく》していたらどうしようかと思っていたのに、彼女は今日の戦いを楽しもうとしている。

間違いなく〝こちら側〟の人間だ。

ならば遠慮は無用。

「今日だけじゃないわ。冒険者は全員、ライバルだから」

「そうですね。父と母もそう言っていました！　負けませんよ！」

「言ってくれるじゃない。才能だけで勝てるほど魔法の世界が甘くないって、教えてあげるわ」

客席にいるのは自分の生徒たちだけではない。

他の学年からも、戦士学科からも見学者が来ている。

これで負けたら、もうエミリアは教師としてやっていけない。

生徒より弱い教師などナンセンスだから。

「じゃあ、始めましょう。どこからでも、かかってきなさい」

それが試合開始の合図。

まずはローラからの攻撃。

そんなハンデをくれてやる余裕はないのだが、教師としてギリギリの矜持《きょうじ》だ。

この一線を越えたら、勝っても勝った気になれないだろう。

「では、遠慮せず！」

刹那《せつな》、ローラは走った。

フェイントも入れず、真《ま》っ直《す》ぐこちらに向かって突進してくる。

まるで猫科のモンスター『ホーンライガー』のような加速。

筋力強化の魔法を使っているのかと思ったが、魔力の流れを感じない。

おそらく自前の脚力だ。そういえば彼女はエドモンズ夫妻の娘だった。

魔法の才能のせいで影が薄いが、戦士としても十二分に天才。

身体能力だけでも警戒に値する。

そしてローラは走りながら、拳《こぶし》に魔力を込め始めた。

直接叩《たた》き付けるつもりだろうか。

発想が魔法使いのそれではない。魔力の使い方がなっちゃいない。

しかし、それなのに冷や汗が出るくらいの魔力が拳《こぶし》に詰まっている。

殴られたら、確実に死ぬ。

（まあ、当たったらの話なんだけどね）

エミリアは余裕を持って反撃に転じた。

まずはローラの進撃を止める。

無詠唱で土の精霊に干渉。闘技場の地面を隆起させる。

「にゃっ！」

ローラの経歴から考えて、魔法使いと戦うのは初めてのはず。

入学初日の一件のように、立ち止まって落ち着いた状態なら、相手の術式を見破ったり干渉したりもできるだろう。しかし、戦いながらは流石《さすが》に無理のようだ。

足元が突然盛り上がるという現象に対処できず、ローラはそのまま空高く跳《は》ね上げられた。

すかさず追撃。

「母なる大地よ。吹き抜ける風よ。我が魔力を捧げる。ゆえにその身を牙《きば》となして、我が敵を貫け」

隆起した土はそのまま伸びて、鋭く尖《とが》り、巨大なランスのようになる。

そして風の精霊の力により、垂直に発射。

狙《ねら》いはもちろんローラである。

攻撃は更にもう一発。

今度は空の彼方《かなた》から。

「空駆ける雷《いかずち》よ。我が魔力を捧げる。ゆえに天より破壊を落とせ。立ちふさがる障害を焼き払え」

雲一つない快晴だ。天候が荒れる気配はない。

だというのに突如《とつじょ》として落雷が轟音《ごうおん》とともに降りそそぐ。

そこに真っ当な理屈は存在しない。

エミリアが自分の魔力を精霊に捧げ、世の理《ことわり》をねじ曲げてもらったのだ。

魔法とはそういうもの。

火がないところに煙を立たせたい。砂漠に雨を降らせたい。平地に山を作りたい。空を飛びたい、長生きしたい、全《すべ》てを知りたい。

魔法使いほどワガママな人種はいない。

だからこうして九歳の少女に本気の攻撃が可能なのだ。

この土のランスと晴天の落雷の組み合わせは、かつて空飛ぶドラゴンを屠《ほふ》ったもの。

三年経《た》ってエミリアの魔力はあのときより強くなった。

つまりローラは、ドラゴンですら死ぬような攻撃に晒《さら》されている。

本来なら跡形《あとかた》も残らない。

エミリアは幼い子供を殺した罪人になってしまう。

だが、そうはならないと〝信頼〟している。

(ほら、やっぱりね)

ローラはエミリアの信頼に応《こた》えた。

地上から迫るランスと、天から落ちる雷に同時に挟まれながら、人ならざる魔力で防御結界を形成。

完璧《かんぺき》にこちらの攻撃を防ぎきる。

(けどこれは……!)

完璧、すぎる。信頼を上回った。

まさか無傷でしのいでしまうとは。

これだから天才は困るのだ。

(そうよ。私は凡人なの。あなたに会うまで天狗《てんぐ》になっていた。気付かせてくれてありがとう。けれど今日勝つのは私よ)

エミリアの手札はまだまだ健在。

入学した十五歳のときから今まで培《つちか》った全てを出し切ってやる。

そう思った瞬間。

動いたのはローラだった。

「先生。今の魔法、真似《まね》させていただきます！」

再びの落雷。

ただし狙いはローラではなくエミリアである。

「チッ！」

信じられない。見ただけで覚えられてしまった。

しかも無詠唱。威力はエミリアより一回り上だった。

(自分の技で負けてたまるもんですか！)

全力で防御結界を張り巡らし、落雷を防ぐ。

魔力がゴリゴリ削られているが、ここで出し惜しみを考えたらその瞬間に勝負が決まる。

「いでよ雷の精霊。我が魔力を吸い上げ顕現《けんげん》せよ！」

自分に落ちてきた雷に向かって呪文《じゅもん》を唱える。

エミリアの魔力が広がり、雷を司《つかさど》る精霊に流れ込む。

その結果、エミリアを攻撃するために落ちてきた雷が、人の形になって地面に降り立った。

しかもその数、二十体。

「形勢逆転よローラさん。あなたはそこから地面に向かって落ちるだけ。けれど精霊は空を飛べるわ。一方的に攻撃し放題。安心して。怪我《けが》しても治してあげるから」

思ったよりも楽に片がついた。

いくらか戸惑うこともあったが、しょせんは魔法の初心者。

魔力と才能が膨大《ぼうだい》でも、使い方を知らなければこんなものだ。

と、エミリアが安心していると。

「いでよ雷の精霊。我が魔力をくれてやる。そして知らしめろ。破壊とは何かを啓蒙《けいもう》するがいい」

ローラが呪文を唱えた。

そして怪物が闘技場の上空に現れた。

（いえ。何てことはない、雷の精霊よ。邪神や霊獣の類《たぐ》いじゃない。けれど、これは……）

エミリアが使役する雷の精霊二十体。それを縦に並べたのよりも更に大きなもの。

精霊を手なずけるために使った魔力の桁《けた》が違うのだ。

おそらくローラとしては、こちらの技を模倣《もほう》しただけなのだろう。

しかし、だからこそ才能の違いが直接現われる。

この小さな精霊がエミリアの器《うつわ》。

空に鎮座《ちんざ》する王の如《ごと》き精霊がローラの器。

「……征《い》けッ！」

エミリアは自分の精霊たちに命じ、飛翔させた。

高圧電流をまとった体当たり。

ドラゴンだろうがグリフォンだろうが黒焦《こ》げにしてしまうものだったが……しかし吸収されてし

まった。

空の精霊はますます大きくなる。

「斬《き》れ」

ローラは自由落下しながら、ポツリと呟《つぶや》いた。

すると巨大な精霊は、その形状を変化させた。

右手から稲妻《いなづま》が伸びて、剣が出現したのだ。

人を斬るための大きさではない。ドラゴンを……否《いな》、城ですら一撃のもと両断してしまうだろう。

（死、ぬ……！）

それが自分に振り下ろされるという恐怖に耐えられず、エミリアは目を閉じてしゃがみ込んでしまった。

闘志を砕《くだ》かれた。

つまり既に負けている。魔法使いとして終わった。

次は命が終わる――。

※

あの敗北から一週間が経った。

エミリアはこうして五体満足で生きている。

あれから何が起きたのか、エミリアは見ていない。

途中で失神したからだ。

他の教師から聞いたところによると、稲妻の剣がエミリアに激突する瞬間、ローラの手によって防御結界が作られ、エミリアを守ったという。

生徒に負けた上に、生徒に助けられた。

言ってみれば、一つの試合で二回負けたのだ。

（何よ、それ。想定していた最悪より最悪だわ。どの面下げて生徒の前に立てばいいのよ……いいえ、もう冒険者として、魔法使いとして表を歩けない。何が全身全霊をもってして超天才を迎え撃つよ。圧倒されて、守られた。軽くあしらわれた……いっそ誰か私を殺してよ！）

自殺する勇気が湧《わ》いてこないのが惨《みじ》めさに拍車をかけた。

どうすることもできず、エミリアは次の日から学校を休み、アパートメントの自室にこもって頭から布団《ふとん》を被《かぶ》っている。

いい歳《とし》をして引きこもり。

九歳の女の子に負けて涙を流す二十三歳。

生きている価値がないほど惨めだ。

そうと分かっているのに涙が止まらない。

悔しい。悔しくて身を引き千切《ちぎ》りたい。

戦ってよく分かった。

ローラ・エドモンズは挑むとか戦うとか、そういった対象ではないのだ。
生物としての格が違う。
放《ほう》っておいても勝手に強くなる。
現に試合中に成長し続けていたではないか。
そうだと理解したのに、エミリアは割り切れない。
（悔《くや》しい……悔しい悔しい悔しい悔しい悔しい悔しい悔しい悔しい！）
血が出るほど唇を噛《か》み締《し》めた。
子供のように嗚咽《おえつ》した。
そんな毎日を過ごして七日目。
呼《よ》び鈴《りん》が鳴って、少女の声が聞こえてくる。
「あの、先生……大丈夫ですか？　皆、待ってます。だから……」
エミリアを生き地獄に落とした、ローラの声だ。
心底こちらを心配している声だ。
悪意なんて少しもない。
なのにエミリアはちっとも嬉《うれ》しくなかった。
むしろ怒鳴り散らさないように枕《まくら》を噛み締めて耐えるのがやっと。
（帰って、お願い、帰って！）
思いが通じたのか、ローラはそれ以上何も言わず、そして足音が遠ざかっていく。

よかった。

今は誰にも会いたくない。

しかし、じゃあいつになったら部屋から出ることができるのだろう。

明日？　明後日《あさって》？　来週？

自分はもう立ち上がれないかもしれない。

努力してきたのだ。頑張ったのだ。強くなったと思っていたのだ。

それが全て錯覚で、しかもローラはどんどん強くなっていく。追いつくどころか差は開いていくのだ。

（馬鹿《ばか》馬鹿しい。もういい。私はもう何もしない）

エミリアの自己嫌悪は最大級に膨《ふく》らんだ。

そのタイミングを狙い澄ましたかのように、二人目の来訪者が現れた。

「開けなさい、エミリア。あなたいつまで仕事をサボるつもりなの？」

この声は。ああ、聞き間違えようもない。

なにせ命の恩人なのだから。

「大……賢者様……！」

「またそんな呼び方して。今は一緒に働いているんだから、学長と呼びなさい、学長と」

カチャリ、と音が鳴った。

玄関の鍵《かぎ》が開いたのだ。

物理的な鍵と魔法による二重の施錠《せじょう》を施《ほどこ》していたのに、どちらも容易《たやす》く突破されてしまった。

扉が開いて、白銀色の髪の女性が入ってきた。

見た目の年齢は二十歳前後。エミリアよりも若く見える。

しかし実際には、三百年近い時を生きる伝説の存在。

麗《うるわ》しき大賢者の異名を持ち、百三十年前に魔神の一体を倒してこの国を救った英雄。

王立ギルドレア冒険者学園の創設者であり、今でも学長を務める最強の魔法使い。

カルロッテ・ギルドレア。

そんな神の如《ごと》き人が、このアパートメントにやってきたのだ。

「学長……申し訳ありません、今は誰にも会いたくないです」

「そんな子供みたいなこと言って。ほら、顔を見せなさい」

エミリアが布団の中に隠れたのに、大賢者はそれを引き剝がしてしまう。

嫌がるエミリアを無理矢理起こして、そして、抱きしめてくれた。

「見てたわよ、ローラちゃんとの戦い。あなた強くなったのね。最初に出会ったときは、ゴブリンを見て泣いてるだけの女の子だったのに。いいえ、三年前にドラゴンを倒したときよりも強くなってる。偉い偉い」

大賢者はエミリアをまるで子供扱いする。

いや、子供以下だ。

言い訳はできない。子供に負けたのだから。

「何が偉いんですか……あんな無様《ぶざま》な負け方をして、しかも相手に助けられて、生き恥を晒している……知っていますよ。学長だって本当は私を笑っているんでしょう？」

「そうね。弟子《でし》の成長を喜んで笑っているわ。本物の天才を前にしてよく逃げずに挑んだわね。あの戦いを見て、あなたをバカにする者なんて誰もいないのよ。だって、次にローラちゃんに挑むのは自分だなんて威勢のいいことを言っていた人たちは、結局、誰も挑んでいないもの。ちゃんと戦ったのはあなただけ」

「だけど、負けました……」

「ええ、そうね。むしろよかったじゃないの。次はあなたが挑戦者。不意打ちも持久戦も心理戦も、何をやっても許される。綺麗《きれい》に戦わなくてもいい。鍛《きた》えて鍛えて鍛え抜いて、またいつか戦えばいいじゃない。それとも諦《あきら》める？　まあ、あなたの自由だけど。教師として働いているんだから、いつまでもサボられたら困るわ」

「……教師？　生徒より弱い教師って必要あるんですか？　私はあの子に何を教えたらいいんですか？」

「卑屈《ひくつ》ねぇ。負けたせいで、自分が無能の極みだって思い込んでる。別に敗北が初めてってわけでもないくせに。あのねエミリア。ローラちゃんは試合が始まった時点では、あなたよりも弱かったのよ？　気付いてた？」

「え？」

あの怪物が、自分より弱かった？

「ローラちゃんはあなたの技を見て、次々と盗んで、信じがたい速度で成長した。しかも私の目論見通り、魔法を楽しそうに使っていた。それはエミリアの戦い方が楽しいからよ。ど派手な落雷を使って、数多くの召喚獣《しょうかんじゅう》を使って、そのくせ基礎がしっかりしている。だから大丈夫。あの子に教えてあげられることはまだまだあるわ。そして更に引き出しを増やしなさい。あなた自身が発展途上よ。だって悔しかったんでしょう？　強くなりたいんでしょう？　なら、まだ先に進めるわ。十分休んだんだから、そろそろ立ちなさい」

大賢者は今、『目論見通り《もくろみどおり》』と恐ろしいことをさらりと言った。

エミリアがローラに嫉妬することも、戦いを挑むことも、どちらも読んでいたのだろうか。

しかし、エミリアにとって重要なのはそこではない。

「けれど……私は十五歳でギルドレア冒険者学園に入って、ずっと努力してきました。八年も研鑽《けんさん》を積んだんです。それをローラさんは数日で……いえ、あの試合中の数十秒で越えてしまいました。それでも私は追いつけるのでしょうか？」

「八年ですって？　笑わせてくれるわね。私からしたら、数十秒も八年もさほど変わらないわよ、卵の殻《から》もとれていないヒヨコさん。ヨチヨチ歩きができるようになったばかりなのに、一人前みたいな顔して自分の限界を決めるなんて滑稽《こっけい》ね。分かってるはずよ。あなた、本当は今すぐベッドから飛び出して、がむしゃらに特訓したいんでしょう？　伸びるかどうかなんて考えず。小難しいことを考えていないで、外に出て暴れなさい。なんなら、相手してあげましょうか？　スッキリするわよ」

大賢者はエミリアを見つめて微笑む。

全部お見通しという顔だ。

その目で見つめられると、何だか深刻ぶっていたのがアホらしくなってきた。

最初から深刻な問題なんてなかったような気になってくる。

「……分かりました。お願いします。私、大賢者様に八つ当たりさせていただきます」

「結構。じゃあ場所を変えましょう。あとエミリア。パジャマを脱いでシャワーを浴びてきなさい。いくらなんでも汗臭《くさ》いわよ」

「うっ」

エミリアは顔が熱くなる。

なにせふて腐れて、ろくにご飯も食べず着替えもしないという生活を送っていた。

冷静になった今考えると、二十三歳の女のやることじゃない。

「ところで大賢者様……じゃなかった学長」

「なぁに?」

「学長は負けたことってあるんですか?」

「あら。そんなのあるわけないじゃない。だって私、天才だもの」

※

王都から少し離れた山でエミリアは、あらん限りの魔力と技を大賢者にぶつけては返り討ちに会い、回復魔法で復活させられ、またボコられ、気絶させられ、水をぶっかけられ、それでもなお向かっていって、徹夜で暴れて、そして久しぶりに学校に向かった。

魔法学科一年の教室を開けるのが緊張する。

生徒に負けた教師を、皆はどう迎えてくれるのだろうか。

いや、まずは一週間以上も休んだことを謝らないと。

「すぅぅ……ふぅ」

深呼吸をしてから、意を決して扉を開ける。

「みんな、おはよう」

できるだけ、前と同じように声を出して教壇《きょうだん》の前に立つ。

すると生徒たちの視線が一斉に集まり、そして駆け寄ってきた。

「エミリア先生！　おはようございます！」

「先生、こないだの試合凄かったですよ！　俺、感激しました！」

「先生ってやっぱり色んな技を使えるんですね。私、早く教えて欲しいです！」

意外なほど歓迎された。

訳が分からずエミリアは唖然《あぜん》としてしまう。

「えっと……まずは先に謝らせて。今まで休んでごめんなさい」

授業は他の先生たちが進めてくれたから、さほど遅れていないはずだが……そういう問題ではないのだ。

入学してすぐの大切な時期に、担任が正当な理由もなしに一週間以上も休んだ。非難されて然《しか》るべき。

「いいんですよ。だって、あんな凄い試合を見せてくれたんですから。疲れて休むのは当然ですよ。先生、今度俺らとも戦ってください！」

だというのに、生徒たちは目をキラキラさせて、むしろ賞賛してくる。

「えっと……そんなに凄かった……？」

「そりゃもう！　強くなったら、自分もあんな戦い方ができるんだって……想像するだけで楽しいですよ」

「だよな。今まで強くなったらどうなるか、イメージが漠然《ばくぜん》としていたけど。おかげで目標ができました。ありがとうございます」

確かにエミリアは、全力を出した。

戦術に非の打ち所はなかった。

その上で負けた。

「先生、エミリア先生！」

生徒の壁をかき分けて、幼《おさな》い少女が前に出た。

エミリアを完膚《かんぷ》無きまでに倒した、ローラ・エドモンズだ。

「私、あの試合、楽しかったです！　魔法を使うのが、楽しかったです！」

ローラは小さな体を背伸びさせ、大きな瞳《ひとみ》でエミリアを見上げ、一生懸命に訴えてくる。

「楽しかった？　本当に？　あんなに剣を好きなあなたが……？」

「剣は剣で好きです。けれど……ようやく分かりました。どうしてシャーロットさんや先生や皆が魔法を一生懸命やってるのか。私、もっと魔法を知りたいです。先生と戦っていると、自分がどんどん強くなっていくのが分かりました」

「そして、あなたは勝った。本当に強かったわ」

「はい……けど、私はもう一度、先生と戦っても勝てるんでしょうか？　先生にできる魔法って、あれで全部じゃないですよね？」

「まあ、ね」

技を出し切る前に負けてしまったのだ。

「やっぱりエミリア先生は凄いです！　これからもよろしくお願いします！」

ローラはぺこりと頭を下げた。

こちらを憐《あわ》れんで気を使っているのではなく、本当に教えを請《こ》うているのだ。

ああ、とエミリアの肩から力が抜ける。

結局のところ、自分が一番子供だった。

そして、今から更に子供っぽいことを言う。

笑うなら、笑え。

「……ローラさん。次は負けませんからね」

するとローラは、今日一番の笑顔で答えた。

「私も負けませんよ！」

エミリアはその眩しい笑みを見ながら、『こうしてローラが魔法を好きになることまで大賢者は読んでいたのだろうか』と考え、空恐ろしい気持ちになった。

第四章

学園生活をエンジョイです

戦士学科も魔法学科も、やる気のある生徒は放課後にそれぞれの訓練場に向かい、自主練を行う。

また、二つの学科の生徒が共同で訓練を行うことも珍しくない。

魔法を使える戦士。

接近戦ができる魔法使い。

引き出しは多ければ多いほど冒険者として重宝《ちょうほう》される。

無論、得意分野をひたすら極めるという選択も間違いではない。

ようは強くなればいいのだ。

そして今、戦士学科の訓練場の中央で、二人の少女が激しく剣戟《けんげき》を繰り広げていた。

一人は赤い髪。何を考えているのか分からない無機質な表情で、体つきは華奢《きやしや》。その儚《はかな》げな気配とは裏腹に、手にした剣は巨大極まる。まるで鉄塊《てつかい》だ。

そんな大剣をしっかりと握りしめ、赤毛の少女は容赦《ようしや》のない斬撃《ざんげき》を放つ。

対峙《たいじ》しているのは更《さら》に小柄な女の子だった。十歳にも満たないであろう幼《おさな》い少女だが、両手持ちの剣《ツーハンデッドソード》を持ち、果敢に斬《き》り合っている。

彼女の持つ剣は身長に対してかなり大きめだ。しかし相手が持つ大剣が常識外れすぎて、さほど目立たない。

訓練場にいる生徒は皆、その少女たちの戦いに熱中していた。

なにせ一人は戦士学科の新入生で最強と謳《うた》われるアンナ・アーネット。

もう一人は先日、教師を魔法の真《ま》っ向《こう》勝負で打ち破ったローラ・エドモンズなのだ。

順当に考えて、実戦ならローラが確実に勝つ。瞬殺であろう。

だが、これは剣と剣の模擬戦だ。

ローラは一番の得意分野を封印している。

それでもローラは剣の適性値でアンナを上回っていた。が、剣の鍛錬に割ける時間は、戦士学科であるアンナのほうが圧倒的に長かった。

ゆえに勝敗が読めない。

攻防は先程からアンナがリードしていた。

アンナの攻撃は剣が巨大であるがため、非常に単純だった。

振り下ろすか、横に薙《な》ぐか、突き出すか。

もちろん、それ以外の動作もできるのだが、咄嗟《とっさ》に出せるのは主にその三つ。

ローラからすれば大変読みやすい。

にもかかわらず苦戦しているのだ。

アンナの斬撃の速度は、とてつもなく速かった。

またリーチが長い分、回避するには動作を大きくする必要がある。ローラはなかなか相手の懐《ふところ》に飛び込めない。

受け止めると腕がビリビリしびれる。剣を取り落としてしまいそうになる。

周りからどう見えているか知らないが、ローラの主観では防戦一方だ。

それは今日に限った話ではなく、この一週間ずっとそうだった。

あと一歩のところで届かない。

ローラが一歩差を詰めたと思っても、その頃《ころ》にはアンナもまた一歩進んでいる。

こんなに悔しいことは他《ほか》になく、こんなに楽しいことも他にない。

そして今、ローラのテンションは最高潮に達していた。五感が研ぎ澄まされている。アンナの一挙一動を見逃すまいと観察する。

(今だ!)

ローラはわざと隙《すき》を見せて、アンナの攻撃を誘い込む。

それを剣で受け止め、受け流す。

「なっ!」

アンナの大剣はスルスルと吸い込まれるように地面に突き刺さる。

その隙を突いてローラは一気に前に出た。

体当たりである。

ローラのような子供の当て身でも、速度さえ乗っていれば十分な威力が出る。

ましてアンナもさほど体が大きいわけではない。

衝撃に耐えきれず、アンナは剣から手を放し吹き飛んだ。

地面に仰向《あおむ》けに倒れたアンナに、ローラが馬乗りになる。

そのまま刃《やいば》を喉元《のど》に突きつけ、睨《にら》み付けた。

「……参った」

アンナの口からポツリと降参の言葉が漏《も》れる。

それを聞きローラも「ふぅ」と息を吐《つ》き、肩から力を抜く。

「……勝った……初めてアンナさんに勝った！」

嬉《うれ》しさのあまりローラが涙すら浮かべていると、見物していた生徒たちから拍手の嵐《あらし》が巻き起こる。

「ついにアンナに勝っちまったか……」

「魔法学科の生徒が戦士学科の期待の新人を負かすとか複雑だなぁ」

「いや、エミリア先生を倒したローラ相手に今まで連勝してきたアンナがおかしいんだ」

「エドモンズ家の血は濃いんだなぁ」

照れくさい。

戦っている最中はまるで気にならなかったのに、終わった途端に人の視線が気になる。

ローラはアンナを引っ張り、逃げるように闘技場の端っこに移動した。

「あー、緊張した……アンナさん。ありがとうございました！」

「こちらこそ……ローラ、今日は剣が冴《さ》えてた。何かいいことでもあった？」

「え？　いいことですか？　私自身は別に……あ、でもエミリア先生がやっと学校に来てくれました。嬉しいです！」

「そう。よかった。ローラ、ずっと気に病《や》んでたから。きっと今日のがローラの本当の剣」

「そうでしょうか？　今までも別に不調というほどではなかったはずですが……」

エミリアが学校に来ないことを気にしていたのは事実だ。

だが、それで剣が鈍《にぶ》っていたという自覚はなかった。

もしかしたら自分の剣は浮き沈みが激しいのかもしれない。

この学園に来る前は、同じ町で同じ相手とばかり稽古していたから、環境の変化が自分をどう変えるのかまだ未知数なのだ。

「もう一戦したいところだけど、小腹が空《す》いた。甘い物が食べたい」

「同感です。食堂に行きましょう！　新メニューのイチゴパフェを試《ため》してみませんか？」

「何それ、美味《おい》しそう」

ローラとアンナはさっきまで戦士の形相《ぎようそう》だったのに、その面影すら残さず、年頃の女の子になって食堂に走って行った。

※

晩ご飯には早い時間だったので、食堂は空席だらけだった。

それでも食堂のオバチャンたちは働いており、注文可能というのがありがたい。

「すいませーん。イチゴパフェ二つくださーい」

「あんたたちもイチゴパフェかい？　さっきの子もイチゴパフェを頼んだのよねぇ。流石《さすが》は新メニューだけあって大人気だわ。ところで、あんたたち小さいのね。少し大盛りにしてあげる」

「ありがとうございます！」

背が小さくて得をしたのは初めてだ。

とはいっても、ローラが小さいのは九歳だからであって、決して発育が遅いわけではない。

いずれは母親のようなナイスバディになるはずだ。多分。

「窓際に行こう。見晴《みは》らしがいい」

「ですね！」

食堂の外には観賞用の庭園が広がっている。

ご飯時は窓際の席が取り合いになるが、今は人がいないのでその心配はない。

ローラはトレイに二人分のイチゴパフェを乗せて窓際まで歩いて行く。

すると、そこには意外な人物がいた。

「あれ？　シャーロットさんじゃないですか！」

「ローラさん!?　と、えっと……アンナさんだったかしら？」

「どうして私の名前知ってるの？」

この二人は初対面のはずだ。

それなのに名前を呼ばれ、アンナは不思議そうに首を傾《かし》げた。

「ふふ。わたくしの目的は学園最強。強そうな生徒は全員チェックしていますわ。特に同学年は念入りに！　ああ、これは申し遅れました。わたくし魔法学科一年のシャーロット・ガザード。アンナさん、あなたはわたくしの『いつか倒すリスト』に入っていますわ」

「……見た目が派手な割にマメな人」

「ふふふ……」

シャーロットは不敵に微笑《ほほえ》む。

だが、今のアンナの台詞《せりふ》は褒《ほ》め言葉だったのだろうか。

ローラには判断がつかないので、口を挟まないことにしよう。

「シャーロットさんもイチゴパフェなんですね」

「べ、別にイチゴパフェを食べるために来たのではありませんわよ。自主練で疲れた体と頭に糖分《とうぶん》を送り込むためですわ！　ところでお二人のイチゴパフェ……わたくしのより量が多いような気がするのですが」

「えへへ。おまけしてもらったんです。ところで席をご一緒してもいいですか？」

「断る理由はありません。ご自由にどうぞ」

「ありがとうございます！　隣に座っちゃいます！」

ローラがシャーロットにくっつくように腰掛けると、

「じゃあ私は真向かいに座る」

アンナはシャーロットの正面に回り込み、その顔をジロジロと見つめ始めた。

「……人がパフェを食べているところがそんなに面白《おもしろ》いのですか？」

「パフェはどうでもいい。ただ、魔法使いは見ただけだと強さが分かりにくいと思って」

「あら。するとあなたは、戦士同士なら見ただけで強さが分かると？」

「なんとなく分かる」

「へえ……わたくしも魔法使いならある程度は分かりますが、戦士の強さは分かりませんわ」

「誰《だれ》しも専門外のことは分からないもの」

「そうですわね。けれど、いつまでも甘えたことを言っていられません。一流の冒険者になるなら、誰であろうと実力を見抜けるようになりませんと」

「同意。冒険者の道のりは険《けわ》しい」

二人の会話を聞いて、ローラは「おや」と思った。

シャーロットもアンナも全く別タイプの人間なのに、意外と話が弾《はず》んでいるのだ。

シャーロットは一見高圧的だが、感情がすぐ顔に出て分かりやすい。そして話してみると、とても優しい人だというのが分かる。

アンナは基本的に無表情なので、何を考えているのか分かりにくい。実のところ、こうして何度も刃《やいば》を交えた今でも、アンナが何を思っているのか分からない。だが剣にかける思いだけは伝わってくる。とても熱い。まっすぐ前を向いている。見ていて羨《うらや》ましいくらいに。

「あ、ちなみに私は最近、両方の強さを見ただけで分かるようになりましたよー」

イチゴパフェをモグモグしながらローラは何気《なにげ》なく語った。

するとシャーロットとアンナの両方から、もの凄《すご》い目で睨まれてしまった。

なぜだろうか。

「ローラさん。あなた、たまに無邪気《むじゃき》な笑顔でこちらのプライドを粉微塵《こなみじん》に粉砕《ふんさい》してきますわね」

「可愛《かわい》い顔してむごい。心がチクチクしてくる」

「そ、そんなつもりで言ったわけでは……」

ただ会話に混ざりたかっただけなのに。

そんなにズレたことを言ってしまったのだろうか。

忌《い》まわしきは魔法適性９９９９。

皆の感覚をつかむことができない。

早く空気を読めるようになりたいなぁ、と切に願うローラであった。

「ローラは私の心を乱した罰として、私に魔法を教えるべき」

「え？　アンナさんに魔法を？　それまたどうして。私はてっきり、アンナさんは剣一筋だと思っていました」

「もちろん、私は剣で戦う。けど、せっかく強化魔法と防御魔法の適性値があるんだから、覚えなきゃ損。特に筋力強化ができるようになれば、もっともっと強くなれるはず」

そういえば入学初日の測定で、アンナは『防御魔法適性：29』『強化魔法適性：31』という数値を出していた。どちらも魔法学科で通用するレベルではないが、かといって全く使えないというわけでもない。

しかしアンナが魔法を覚えれば、ローラは彼女に剣で勝てなくなってしまう。

いや、彼女が魔法を使うなら、こちらも堂々と魔法を使えるので、条件は同じか？

「それにしても……私のお父さんって本当に偏《かたよ》った考え方だったんだなぁって今更思い知ってます。魔法なんて覚えても何の役にも立たない大道芸だって言われて育ちましたから。けどアンナさんは当たり前に魔法を取り入れようとしてるんですね。ちょっとビックリです」

「……普通の人間はそんな偏った思想を持たないから」

「そうですわ！　魔法が大道芸なんて、よくもわたくしの前で言ってくれましたわね！」

シャーロットは顔を真《ま》っ赤《か》にし、テーブルをバシンと叩《たた》く。

「私が言ったんじゃありません！　お父さんの言葉です！」

「誰の言葉だとしても、わたくしの耳に届かないようにしてくださいまし。鼓膜《こまく》が腐《くさ》りますわ！」

ローラは、シャーロットも十分に偏った思想だなぁ、と思った。

「エドモンズ家の魔法嫌いは冒険者の世界ではとても有名。特にブルーノ・エドモンズはヤバイという評判」

「やっぱりそうなんですか？　はぁ……私もこの学園に来る前は魔法が嫌いでした。シャーロットさんやエミリア先生がいなければ、どうなっていたことやら。あ、もちろん剣を嫌いになったわけじゃありませんよ」

「分かってる。ところでローラ。ほっぺに生クリームがついてる」

「え、本当ですか？」

ているよ。だったらアンナもローラのほっぺの生クリーム……取ってあげる」

そう言ってアンナは身を乗り出し、ローラの頬《ほお》に手を伸ばした。

が、それより一瞬早く、シャーロットが指で生クリームをぬぐい去ってしまう。

「ふふ……ローラさんのほっぺについていた生クリーム……うふふ……」

シャーロットは不気味に笑いながら、生クリームをペロリと舐《な》めとった。

「ズルイ。私が最初に気付いたのに」

アンナは抗議の声を上げるが、シャーロットはどこ吹く風。

「こういうのは早い者勝ちですわ。それに、ローラさんと最初に友達になったのは、このわたくし。ローラさんのほっぺから生クリームを取る権利がどちらにあるか、考えるまでもありません！」

「それを言うなら、私は毎日ローラと剣の稽古をしている。私にだって権利はあるはず」

「剣の稽古がなんですの⁉　わたくしはローラさんと同じクラスで、しかも寮が同室ですわ！」

「ぐぬ……なんて言い返そう」

普段は無表情のアンナが、口をへの字に曲げて拗《す》ねている。

どうやらローラのほっぺから生クリームを取って舐めるというのは、大変重要なことらしい。しかしローラ自身にはそれがどう重要なのか、皆目《かいもく》分からなかった。

「さて。わたくし、まだまだ自主練の途中ですので。この辺で失礼しますわ」

「えー。それなら私たちと一緒に練習しましょうよー。あ、そうだ。シャーロットさんも剣を覚えてみませんか？」

「興味深い提案ですが、また次の機会に」

「そうですか……じゃ、頑張ってください！」

「ふぁいと」

「ありがとうございます。ローラさんとアンナさんも頑張って。それではご機嫌《きげん》よう」

シャーロットはイチゴパフェの容器を返却口に戻し、颯爽《さっそう》と出ていった。

「スラッとして格好いい人。大人っぽい」

「ですよね！　シャーロットさんは素敵な人なんですよ！」

最後のイチゴをスプーンですくいながら、アンナはシャーロットの感想を述べた。

「けど、あの縦ロールの金髪はどうかと思う。グルグルしすぎて目が回りそう」

「えー。あれがいいんじゃないですかー。毎朝、頑張ってセットしてるんですよー」

「……その時間を魔法の練習に使えばいいのに」

「ふっふー。シャーロットさんは魔法の力であの髪形を作っているのです！」

「なんと。敵ながらあっぱれ」

シャーロットのことを褒められ、ローラは我が事のように嬉しくなった。

自然と頬が緩《ゆる》んでしまう。

「ローラはシャーロットが好きなの？」

「はい、大好きです！」

「そう……私のことは？」

「アンナさんも大好きですよー」

「それならいい。許す」

「……何の話ですか？」

「別に。気にしないで……あ、ほっぺにまた生クリームついてる」

アンナは手を伸ばし、生クリームをすくって、ペロリ。

「これでシャーロットと互角」

「ねえ、さっきから何の話なんですか？」

「だから、気にしないで」

「はあ……」

とてもとても気になる。しかし人のプライバシーに踏み込むのはいけないことだ。そのくらいはローラも知っている。

ゆえに、それ以上の追及はしないが……やはり気になるものは気になるローラであった。

※

王立ギルドレア冒険者学園。その敷地の片隅で、人目を忍ぶように一人で魔法の特訓をしている金髪の少女がいた。

シャーロット・ガザードである。

彼女はあの日から。ローラとエミリアが戦ったその日から、ずっと一人で研鑽《けんさん》を積んでいた。

無論、それ以前からも魔法の特訓を休んだことはない。

しかし今は、死にもの狂いで達成しなければならない課題があるのだ。

これまでのように甘えてはいられない。

「雷の精霊よ。我が魔力を捧げる。契約のもと顕現《けんげん》せよ――」

まずはエミリアが呼び出していた雷の精霊の再現。

彼女は二十体を召喚《しょうかん》していた。

しかしシャーロットが召喚できたのは、たったの九体。

まだ遠く及ばない。

「くっ……エミリア先生は試合中にやってのけた。わたくしは十分に集中できるこの状況で九体……」

シャーロットは本気で悔《くや》しがる。

だが実のところ、雷の精霊を九体も召喚できる一年生のほうが異常なのだ。

今すぐ卒業してCランク冒険者になっても、余裕で通用する。

ところがシャーロットにとって、もはやCランクなど眼中にない。教師であるエミリアすら通過点だ。

見つめているのは唯《ただ》一人。

ルームメイトにして、大切な友達。

そして越えるべきライバル。最強を目指すなら避けては通れない壁。

ローラ・エドモンズという、この世界に開いた穴のような、異常な才能。

入学式の日、９９９９という適性値を弾《はじ》き出した彼女は、期待と好奇の目に晒され、そして幾人かにライバル視されていた。

だが、あの試合のあと。

ほとんどの者が態度を一変させた。

露骨に無視するか、あるいは普通の生徒のように扱うか、憧《あこが》れの目で見るか。

いずれにせよ、ライバルとして見る者は、ほぼ絶滅した。

当然といえば当然だ。

あの試合を見て、なお戦おうというのはバカの発想。

ローラ・エドモンズは既に人類の領域ではない。別の生物だ。挑むとか目指す対象にあらず。ゆえに嫉妬《しっと》もしない。

とはいえ、そういう利口な判断をできない者も、少数ながら生き残っていた。

例えば戦士学科のアンナ・アーネットは、明らかに『バカの側』だ。

いつかローラと、訓練ではなく本気で戦おうとしているのは、見ていれば分かる。

また、公衆の面前で大敗したエミリアも、リベンジを狙《ねら》っているようだ。あの日は試合前よりも更にきらめいている。あれほどの屈辱を味わったのに、どうやって立ち直ったのか。尊敬を禁じ得ない。

そしてシャーロットも当然、ローラと戦いたい。倒したい。

そうしなければ自分が自分でなくなってしまう。

彼女のことは大好きだし、親友だし、もっと仲良くなりたい。そこに嘘《うそ》はない。

しかし、その気持ちと並行して、叩きのめしたいと思ってしまうのだ。

怨《うら》んでいるわけではないのに。

度《ど》しがたい。矛盾している。

強い相手を見つけたら挑まずにはいられない。

頭がおかしいのでは——と自分でも真剣に思うことがある。

なのに生き方を変えられないのだ。

「雷の精霊よ。我が魔力を捧げる。契約のもと顕現せよ——」

やった。ようやく十体を召喚できた。

次は十一体。その次は十二体。やがてはエミリアを超え、その次はローラが召喚したあの巨大精霊を再現してみせる。

それまでは休んでいる暇《ひま》はない。

「はぁ……はぁ……あと、せめてあと一回……」

魔力の連続使用はシャーロットの精神に多大な負担をかけ、体調まで狂わせていた。

それを承知で訓練を続行させる。休んだほうが効率がいいと知っているが、そんな常識的な方法では、彼女には追いつけない。

それこそ、死の淵《ふち》まで――。


「気が付いた？　ここは保健室よ」

シャーロットが目を覚ますと、白い天上と、そしてかたわらに腰掛けるエミリアの顔が視界に飛び込んできた。

「……エミリア先生が私をここまで運んでくれたのですか？」

「そうよ。やたら大きな魔力を感じたから気になって見に行くと、あなたが精霊の召喚をしていて。そして途中で倒れたのよ。私がそばにいることにも気付いてなかったでしょ」

「不覚にも……」

「集中するのはいいけど、無茶しすぎよ。なぁに、あの召喚術。私の真似《まね》？」

「はい。まずはエミリア先生を超えなければ、話になりませんから」

シャーロットが真面目《まじめ》に答えると、エミリアは「やれやれ」という顔で肩をすくめた。

「ローラさんといい、あなたといい、今年の新入生はどうして血の気が多いのかしら」

「異《い》なことをおっしゃるのですね。元来、冒険者とはそういう生き物でしょうに」

「そうね。だから寿命が短いの。早々に死んでしまう。途中で素面《しらふ》になって、利口な生き方を覚えたら長生きできるんだけど」

ギルドレア冒険者学園の生徒のほとんどは、あの試合で酔いから冷めた。

きっと長生きするだろう。

「利口な冒険者なんて、冒険者モドキですわ。長生きしたいなら、最初から別の仕事を選べばいいだけのことですから」

ここに酔ったままの生徒もいる。

確実に中毒者《ジャンキー》。

きっと一生治《なお》らない。

勝ちたい強くなりたいと想《おも》い続けなければ生きていけないのだ。

「ねえ。シャーロットさんがどうやってローラさんを倒そうと思っているのか知らないけど、一つだけアドバイスしてあげる」

エミリアはこの世界で唯一人、本気のローラと戦った者だ。

そのアドバイスはシャーロットにとって、ある意味、大賢者の言葉よりも貴重だった。

「なんですか?」

「ローラさんの知らない技を使っちゃ駄目」

エミリアは端的に言い放った。

まるで、それが唯一絶対の真理のように。

「それはローラさんの手札を増やすことになるからでしょうか?」

「そうよ。あの子はどんな技でも見ただけで学習して、戦いながらどんどん強くなる。場に出した瞬間、そのカードを盗《と》っていくの。けど、ローラさんが知っている技だけで戦えば、少なくとも急激に成長することはない」

「……けど、それだと勝てませんわ」

「そうね。だから未知の技を使うなら、トドメの一撃になさい。絶対に一撃必殺を狙うの。仕留め損なったが最後。次の瞬間、何倍にもなって返ってくる。人間と戦っていると思っちゃ駄目」

「……やはり、実際に戦った人の言葉は重いですわ」

あの試合を見た者なら薄々勘《かん》づいていたことだ。

何をやっても通用しないどころか、ローラの成長を促《うなが》すだけ。

魔法適性値９９９９がどういうものなのか、具体的な形となって現れたのだ。

エミリアを実験台にして。

〝人智を超えた〟とは、まさにローラのためにある言葉だ。

「でも戦《や》るんでしょう？」

「無論ですわ」

シャーロットは短く答え、ベッドから立ち上がる。

「大丈夫なの？　寮まで送っていきましょうか？」

「いいえ。もう平気です。ありがとうございました」

頭の中は、ローラ・エドモンズを如何《いか》にして攻略するかで一杯だった。

エミリアに構っている余裕などない。

イチゴパフェを食べ終わり、訓練場に戻って、またアンナと一戦交える。

今度もローラが勝った。

絶好調である。

「……明日は私が勝つ」

「はい。明日もやりましょう！」

※

それからアンナが魔法を教えろとねだってくるので、ローラは彼女を自分の部屋に連れてきた。

二人でベッドの上に座り、魔法学科の教科書とノートを広げて、お勉強をする。

「いいですか、アンナさん。まず、魔法には大きく分けて六つあります。攻撃魔法、防御魔法、回復魔法、召喚魔法、強化魔法、特殊《とくしゅ》魔法、です」

「知ってる。それぞれの役目も何となく分かる。けど、特殊魔法だけはちょっとイメージつかない」

「うーん……私もまだちゃんと習っていないので詳しい説明はできませんが、他の系統に属さない魔法を特殊魔法と呼ぶらしいです」

「例えば？」

「壁の向こうを透視したり。何秒か先の未来を予測したり。空を飛んだり。姿形《すがたかたち》を変えたり。その他、想像もできないことをやってみたり。そういうのが特殊魔法です」

「空を飛べたら便利。ローラは空飛べるの？」

「私はまだ……特殊魔法は他の魔法に比べてとても難しいとエミリア先生が言っていました」

「けど、ローラは特殊魔法の適性も９９９９だった。頑張ればできるはず」

「そうですかね？　じゃあ、試しにやってみましょう！」

ローラはベッドに座ったまま、自分の体が浮かび上がるイメージをする。

すると本当に体がふわふわと浮かび上がるではないか。

「凄い……ローラ、飛んでる」

普段は表情を変えないアンナが、目を丸くしていた。

「おー、本当に成功しました。私、風になれます！」

そして調子に乗りそのまま高度を上げていくと……ゴツンと頭部に衝撃が走った。

「いた！」

ここは部屋の中なのだ。飛行魔法を使えば天上に激突して当然である。

ローラは集中力を欠き、ベッドに落下してしまう。

「おかえりなさい」

「いたた……ただいまです。風になるには練習が必要みたいですね」

「よしよし」

アンナが頭のたんこぶをさすってくれた。

剣を握っているときは激しい人だが、普段はとても優しいのだ。

こういうところはシャーロットに似ている。

「特殊魔法のことは分かった。そして私が使いたいのは、強化魔法と防御魔法。まずは強化魔法で筋力を強化したい」

強化魔法とはその名の通り、何かを強化する魔法だ。

今アンナが言ったように、自分の筋力を強化したり。あるいは仲間に対して同じことをしたり。

他にも、五感の鋭敏化《えいびん》。毒などに対する耐性の強化。心肺《しんぱい》機能の強化。アルコール分解力の強化。などなど、とても役に立つ。馬の筋力と持久力を強化して、長距離を超高速で移動する、なんて芸当も可能だ。

強化魔法の対象は生物だけでなく、物体にも有効だ。剣の切れ味を強化したり、魔法のアミュレットを更に強化したり、薬の効果を強化したり。

とはいえ、強化魔法は生物相手に使うのが一番効果があり、無生物を強化するのは難易度が高いと授業で習った。

「強化魔法だろうと何だろうと、魔法を使うには魔力を制御できるようにならないと。アンナさんは魔力の制御ってできますか?」

「まったく。ちんぷんかんぷん」

「じゃあ、まずはその練習から始めましょう。そもそも魔力というのはですね——」

筋力が肉体から発生するとしたら、魔力は霊体から発生するものだ。

しかし人は普通、自分の霊体を感じることができない。

ところが、感じることができないだけで、霊体は誰にでもある。

霊体は魂《たましい》と言い換えてもよい。

「霊体は肉体と重なり合って存在します。なので、肉体を通じて、間接的に霊体を感じるのが一般的です。というわけで、私が授業で習った呼吸法をやってみましょう」

「呼吸法？　息を吸うだけで魔法が使えるようになるの？」

「いえいえ。これは魔法の準備段階。自分に霊体があると実感し、そこから魔力を絞り出す訓練です。では、まずは目を閉じてリラックスしてください」

「リラックス……」

アンナは目を閉じた。

そして全身から力を抜き、その存在感すら希薄にしていく。

「すやぁ……」

「ね、寝るのとリラックスは違います！」

「は……つい」

気を取り直してもう一度。

「リラックスしたら、大きく息を吸ってください。そして止める。ゆっくり吐いて、また止める。これをくり返してください。意識しなくてもできるくらいに」

アンナは言われたとおり、目を閉じて深呼吸をくり返す。

「では次に、霊体を探します。とは言っても、霊体は肉体と重なり合っているので、自分のいたるところにあります。深呼吸しながら、イメージしましょう。頭のてっぺんから、首、肩、腕、指先。

それから胴体、腰、足、と心の目で見てください。自分の肉体以外に、何かありませんか？　ダブっているものがありませんか？」

「……これ？」

これ、と言われてもアンナがどんなイメージを見たのか、ローラには分からない。

しかし、見えたというなら、それなのだろう。

「その見えた霊体を動かせますか？」

「動く。なんか暗い空間の中でビュンビュン動いてる」

「いいですね。じゃあ、それを精神世界から現実世界に連れてきてください」

無茶な要求に聞こえるかもしれないが、これができないと話にならない。

魔法とは、魔力を使ってこの世界を改変することなのだ。

自分の霊体くらい連れ出せなくてどうする。

「出てこい……」

アンナが呟くと、その体が淡く発光した。

肉体に重なり合って存在する霊体。

それが目に見える形で現れたのだ。

「成功ですよアンナさん！　もう目を開けても大丈夫です！」

「何これ。私、光ってる」

アンナは自分の手の平を見つめ、物珍しそうにした。

「その光こそ霊体です。綺麗《きれい》ですよね」

「夜になったら虫が寄ってきそう」

「う……夢のないことを言いますね！　とにかく、その霊体から魔力が出るわけです。自在に出したり引っ込めたりできるようになりましょう。というわけで、引っ込めてください」

「えい」

アンナの気の抜けた掛け声で、淡い光は消えた。

「おお、出すのも消すのも一発ですね。凄いです。慣れてくると霊体の一部だけ出して、それを魔力として使うことができます。全《すべ》てはイメージです。今はゆっくり意識してやりましたが、素早く無意識で霊体を操《あやつ》り、並行して魔法のイメージができるようになれば、実戦でも使えるでしょう」

「難しそう……ローラもこういう練習したの？」

「私は……なんか気が付いたらできてました！」

そう答えたら、アンナは頬を膨《ふく》らませムスッとした顔で睨んできた。

「腹立つ」

「な、なぜですか⁉　私は何もしていないのに！」

「何もしてないのに魔法が使えるから腹立つ。剣に置き換えたら分かりやすい。たとえば、そう。何の努力もしていない素人《しろうと》が才能だけで、いきなり鉄の兜《かぶと》を両断したりしたら」

言われたとおりローラは想像してみた。

「ぶっとばしたくなりますね！」

「というわけで私は今からローラにお仕置きをする」

「お仕置き⁉　あ、駄目です、脇腹《わきばら》は駄目です、私そういうの弱いんです……あ、あひゃひゃひゃ！」

「耳にふー」

「んにゃぁ⁉　やめてくだしゃい……あひゅん、そんなとこ、だめれす……」

ローラは耳とか脇腹とか脇の下とか足の裏とか太股《ふともも》とか、とにかく弱点を責められまくり、ふにゃふにゃになってしまった。

「……最強だと思っていたけど、意外と弱点が多かった。メモメモ」

「うぅ……そんなメモしたって無駄ですよ。戦闘中は耳にふーなんて絶対にさせませんから……！」

「そう。じゃあ今のうちにしとく。ふーふー」

「にゃあああ！」

ローラはろくに抵抗もできず、アンナにいいようにされてしまった。

体に力が入らない。

なんとか這《は》いずって逃げようとしたのだが、アンナにのしかかられ、どうにもならない。

「ちょ⁉　あなたたち、一体なにをしていますの！」

そこへシャーロットが帰ってきた。

こっちを指差して赤くなり、ぷるぷる震えている。

「なにって、ローラにいたずらしてた」

「いたずら……破廉恥《はれんち》ですわ破廉恥ですわ！」

シャーロットは顔を真《ま》っ赤《か》にして目を両手で覆う。

だが、指の隙間《すきま》からちゃんとこっちを見ている。

「シャーロットさん……見てないで助けてくださいよぅ……」

「い、今助けますわ！　アンナさん、覚悟！」

「シャーロットも耳にふー」

「あひゃぁぁん！」

そしてアンナ無双《むそう》が始まった。

※

「まったくもう、アンナさんのせいで無駄な体力を使ってしまいましたわ」

「シャーロットが可愛《かわい》い声を出すのが悪い。謝罪と賠償を要求する」

「どうして被害者であるわたくしがそんなことを！」

「まあまあ。お風呂《ふろ》くらいは静かにゆっくりつかりましょうよ」

ローラがそうなだめると、ようやくシャーロットは静まり、大人しく肩まで湯船につかった。

それにしても寮の大浴場は本当に広い。

実家の風呂では脚《あし》を伸ばすことはできなかった。

それがこの大浴場では、何人も並んで入ることができるし、羞恥心《しゅうちしん》さえ無視すれば泳げるほどだ。

「ばしゃばしゃ」

「こら、アンナさん！　泳がないでください、はしたないですわ！」

羞恥心が欠けている人がいた。

ちょっと羨《うらや》ましい。

「ところでシャーロットさん。アンナさんにくすぐられる前から随分《ずいぶん》と疲れた顔をしていましたけど。一体なにをしてきたんですか？　魔力も消費してるみたいだし……怪しいです！」

「あ、怪しくなどありませんわ。ただちょっと自主練をしていただけですわ」

シャーロットは妙に慌《あわ》てている。

怪しい。

「本当に？　本当にただの自主練ですか？　何か秘密の必殺技の特訓をしているとかでは……面白そうです！　混ぜてください、混ぜてくださーい」

「仮に秘密の必殺技だとしたら、なおのこと秘密ですわ。ローラさん。あなたとわたくしは確かに友達ですが、同時にライバルでもあるのです。手の内を晒《さら》したりはしませんわ」

「ライバルであると同時に友達……えへへ、シャーロットさんと友達！」

「そっちに反応しますの!?」

「だって、シャーロットさんの口から友達って言ってもらったことなかったので。とっても嬉しいです。これからも友達でいてくださいね！」

「うぐっ……わ、分かりましたわ……ですが、ライバルもやめませんわ！」

「はい！　ところで……なんか体中ピンクですけど、のぼせたんですか？」

秘密の特訓で疲れたところにアンナの耳ふー攻撃を喰《く》らったのだから、もう体力はゼロのはずだ。

倒れる前に休んで欲しい。

「そ、そうですわ、のぼせたのですわ。鼻血が出そうですわ！」

「え、それは大変です！　早くあがらないと！」

「いえ……大丈夫ですわ。ローラさんの顔を見ていれば治ります！」

「はあ、そうですか」

自分の顔にそんな効能があるとは知らなかった。

しかし、その割にシャーロットはどんどん赤くなっていく気がする。

というより、だんだんローラのほうがのぼせてきた。

「私はもうあがるので、シャーロットさんは好きなだけつかっててくださいね」

「それなら、わたくしもあがりますわ」

「じゃあ私も」

結局、三人一緒に大浴場から出て、脱衣場でパジャマに着替える。

ここは女子寮だ。

男子に見られる心配がないので、廊下をパジャマで歩いても問題ない。

「おや？　アンナさん、随分《ずいぶん》と可愛いパジャマですね！」

「この前、街で見つけた」

アンナのパジャマは猫の着ぐるみパジャマだった。

こんな可愛いものが売っているなんて流石《さすが》は王都だ。

ローラの故郷では絶対にお目にかかれない。

「アンナさん……お、お可愛らしいですわぁ……」

そんなアンナを見たシャーロットは、目を輝かせて抱きついた。

なにせシャーロットは、ぬいぐるみを抱かないと眠れないほど、ぬいぐるみが好きなのだ。

そして今のアンナはぬいぐるみそのもの。

興奮するのも無理はない。

「どういたしまして。気に入ったなら、次の休みの日、一緒に買いに行く？」

「おー。それはいい考えです。私も着ぐるみパジャマ欲しいです！　三人でお揃《そろ》いです！　何なら
パジャマパーティーとかしましょうよ！」

ローラ、シャーロット、アンナがそれぞれ動物の着ぐるみパジャマを着て、ベッドの上でダラダラして、お菓子を食べて、どうでもいいようなことを語り合う。

想像しただけで楽しそうだ。

まさにローラが憧れていた学園生活。

「うっ……着ぐるみパジャマは魅力的ですが……わたくしは休日だからと遊んでいる場合で

は……」

「えー、どうしてですか？　休日なんだから遊んだっていいじゃないですか。ま、まさか休日まで特訓するつもりなんですか？」

「当然ですわ！　そうでもしないとローラさんに追いつけませんから！」

シャーロットの言葉に、ローラは言い返せなかった。

彼女と仲良くしたい。だが同時によきライバルでもいて欲しい。

そして彼女は、よきライバルたらんと全力で努力している。

邪魔などできない。

「分かりました……じゃあシャーロットさんに似合いそうなパジャマを買ってきますね！」

「お願いしますわ！」

かなり力強くお願いされてしまった。

「……無理しないで一緒に来ればいいのに」

アンナはボソリと言う。

ローラも同感だった。

「誘惑しないでください！　あなたたちが遊んでいる間に、わたくしは前に進んで、一歩でも追いつくのですわ！」

そう叫ぶシャーロットは涙目になっていた。

本当は遊びに行きたくて行きたくてたまらないのだろう。

それでも行かないと宣言しているということは、相当の決意を秘めている。

これはやはり説得しても無駄だ。

「アンナさん。シャーロットさんは本気です。残念ですが、私たちだけで行きましょう」

「シャーロットとも仲良くなりたかったのに。がっかり」

「う……」

とりあえずローラとアンナだけで街に行く約束をして、その日は解散になった。

そして当日。

ローラはガタゴトという音で目を覚ました。

壁掛け時計を見ると、アンナとの待ち合わせにはまだ早い。

このガタゴトという音はなんだろう。

それにいつもは目を覚ますとシャーロットに抱きつかれているのに、今日はその感触がない。

不思議に思って体を起こすと、そこには色々な服を並べて「うんうん」唸《うな》っているシャーロットがいた。

「……朝から何をやってるんですかぁ？」

「ロ、ローラさん⁉　こ、これは違うのです！　修行をさぼってでもお二人と遊びに行きたくなったとかではなく、そのために何を着ていこうか悩んでいるわけでもなく……その、えっと……」

シャーロットは一生懸命に言い訳をしようとしていた。

果たしてこの状況からどんな気の利《き》いたことを言ってくれるのかと、ローラは少々イジワルな気持ちでシャーロットの台詞《せりふ》を待つ。

だが何も思いつかなかったらしく、シャーロットはうつむき、そしてついに泣き出してしまった。

「わ、わたくしも連れて行ってくださいまし～～」

「初めっから無理しなきゃいいのに……」

相手が年上だというのに、ローラはついタメ口で返してしまった。

早朝に起こされ、ちょっと不機嫌だったのだ。

第五章　王都に遊びに行きます

ファルレオン王国の人口は約二百万人ほどと言われている。

国土の中央部にある王都レディオンは大河《たいが》に隣接しており、そこから引き込んだ水路が網の目のように走っていた。

それを利用した物流がさかんであり、また単純に見た目が綺麗《きれい》なので市民にはすこぶる評判がいい。

ただし水路から水系モンスターが入り込むことが稀《まれ》にあるので、冒険者ギルドが国の委託を受けて、いつも目を光らせている。

ローラはそんな王都をシャーロットとアンナと並んで歩いていた。

休日に友達と街に遊びに行く。

そんな些細《ささい》なことがたまらなく嬉《うれ》しかった。

また、今までじっくり見る機会がなかったが、こうしてノンビリ歩いていると王都の水路の美しさが分かる。

水に太陽光が反射しキラキラ光ってとても綺麗だ。

その上を走る船も可愛《かわい》い。

地面は色とりどりのレンガで作られていて、楽しい気分になってくる。

「私、王都がこんなに素敵な街だって知りませんでした！」

「そういえば、ローラさんは別の町から来たんでしたわね」

「はい。初めて親元を離れて暮らすのが不安だったんですけど……シャーロットさんみたいに優しい人が同室でよかったです！」

「そ、そうですか……どういたしまして！」

シャーロットは褒《ほ》めたり、礼を言ったりすると、すぐに赤くなってしまう。随分《ずいぶん》と照れ屋さんらしい。

年上なのに可愛い人である。

ローラはシャーロットのそんなところも好きだった。

「シャーロットさんは王都出身なんですか？」

「ええ。先祖代々、ガザード家は王都で魔法使いをしていますわ。というか、冒険者を志す者なら普通、ガザードの名前くらいは知っているものなのですが」

「えっと、ごめんなさい……知りませんでした」

「まあ、ローラさんは魔法嫌いのエドモンズ家ですから仕方がありませんわ。ですから、そんなに申し訳なさそうな顔をしなくても結構です」

「あれ。私そんな顔してました？」

「ローラさんはすぐ顔に出るので、感情が分かりやすいですわ」

「むむ……しかしシャーロットさんほどではないと思います！」

「わ、わたくしは感情を顔には出しませんわ！　ポーカーフェイスですわ！」

「ええ⁉　本気で言ってるんですかッ？」

シャーロットがポーカーフェイスなら、この世のほとんどの人間がポーカーフェイスだ。

「そんな『こいつ何を言ってるんだ』みたいな顔をしないでくださいまし！」

「だって……」

「アンナさん。あなたは、わたくしとローラさん、どちらの感情が読み取りやすいですか？　正直に答えてくださいな」

問われたアンナは、ローラとシャーロットの顔を交互に見つめ、そして肩をすくめる。

「どっちも同じ。思ってることがそのまま出てきてる」

「そんな……知りませんでした……」

「少し気をつけないと、戦闘中に心を読まれてしまいますわ……」

「ほら。分かりやすく落ち込んでる」

そうアンナに指摘され、ローラとシャーロットは同時にハッとした。

そのハッとしたのが顔に出ているのが救いがたい。

ポーカーフェイスへの道のりは険《けわ》しそうだ。

「かく言うアンナさんはどこの出身ですの？」

「多分、王都」

「多分ってどういうことですの？」

「私も詳しくは知らない。物心ついたらここにいた」

「アンナさんらしい、とぼけた回答ですわね」

「面目《めんぼく》ない」

アンナは誤魔化《ごまか》すように頭をポリポリかいた。

「そもそもアンナさんは、どうして冒険者を目指してるんですか？　私は両親の影響だし、シャーロットさんの家は代々魔法使いだから分かりますけど」

「それは恥ずかしいから秘密。いくらローラでも教えない」

「はあ……」

「謎《なぞ》が多いですわ」

「ミステリアスな女はモテるらしい」

「え、アンナさん、男子にモテたいんですか？」

「いや、別に」

本当に不思議なことを言う人だなぁとローラは感心した。

表情からも何を考えているのか読み取れない。

だが、入学した時点であれほどの剣技を身につけていたのだ。

きっと深い理由があるに違いない。

「それより一番の疑問は……どうして休日なのに制服を着ているのかということですわ！」

そう。シャーロットが言うとおり、アンナは学園の制服のままだった。

皆で初めて街に出かけるのだから、誰《だれ》がどんな服を着てくるかというのも楽しみの一つだったのに。

まさかとは思うが。

「制服は私の一張羅《いっちょうら》。あとはパジャマしか持ってない」

そのまさかだった。

見た目に頓着《とんちゃく》しないのか。それともお金がないのか。

冒険者を目指す理由も、その辺りにあるのかもしれない。

ローラは怖くて聞けなかった。シャーロットも神妙な顔をしている。

「私もシャーロットに質問。そのペンダント。あんまり可愛くないのにどうして下げてるの？」

「あ、それは私も気になってました！　シャーロットさん、凄《すご》くオシャレなのに、なんでペンダントだけ禍々《まがまが》しいんですか？　似合ってませんよ」

今日のシャーロットの服装は、ヒラヒラのフリフリの、いかにもお嬢様といった感じだ。

なのにペンダントは、骸骨《がいこつ》を凝縮して丸くこねたような形をしていた。

正直、とても不気味《ぶきみ》である。

「ま、禍々しいとか言わないでくださいな！　これはガザード家に伝わる秘宝。封魔のペンダントですわ。これを装着すると精神に負荷がかかり、自然と魔力を鍛えることができるのですわ！」

「えー。せっかく遊びに来たんですから、修行とかやめましょうよー」

「やめませんわ！　封魔のペンダントのおかげでお二人と遊びながら修行もできる。外せというなら帰りますわ！」

シャーロットは毎日毎日、授業中も放課後も全力を尽《つ》くしている。

だから休日くらいはちゃんと休むべきだ。

今日、こうして一緒に来てくれて、ローラは他人事《ひとごと》ながらホッとしていた。

なのに、そういう仕組みになっていたとは。

もはや三百六十五日、修行をやめないつもりなのだろう。

修行バカがここにいる。

「けど、封魔のペンダントにはちょっと興味がありますね。私もつけてみたいです！」

「ローラさんが？　ふふ、いいでしょう。いくらあなたでも、慣れない精神負荷《ふか》はキツいと思いますわ！」

シャーロットは嬉々《きき》としてペンダントを貸してくれた。

もしかしてローラが根を上げるところを見たいのかもしれない。

そんなにキツいのか――と覚悟を決めて装着する。

「……おお、確かに心にズシッとくる感じです！」

「え、それだけですの？」

「はい。それだけですが」

「そうですか……」

シャーロットは露骨にがっかりした様子でローラからペンダントを取り上げた。

もっと激しい反応を期待していたらしい。

「封魔のペンダント、私もつけてみたい。ちょっとだけ貸して」

アンナも興味深そうにペンダントを眺める。

「アンナさんはやめておいたほうがいいですわよ。戦士学科のアンナさんでは耐えられませんわ」

「そんなことはない。私は最近、ローラにちょっとだけ魔法を教わった。だから大丈夫」

「……ローラさん、本当ですの？」

「うーん……確かに魔力制御の基礎だけは教えましたけど」

あの程度では魔法を使えるということにはならない。

ましてシャーロットが『修行になる』と判断したほどの精神負荷には、絶対に耐えられないと思うのだが。

もっともローラはさほど負荷を感じなかったが……自分の感覚が世の中とズレているという自覚くらいはあるのだ。

「貸して貸して」

「本当にちょっとだけですのよ？」

「やった」

アンナはシャーロットからペンダントを受け取り、首につけた。

その瞬間。

「ぎゃん！」

と、叫んでぶっ倒れた。

「ア、アンナさぁぁん！」

「大変ですわ！　大変ですわ！」

ローラとシャーロットは慌《あわ》ててアンナを抱き起こし、ペンダントを外し、そして頰《ほお》をペチペチと叩《たた》く。

「う、うーん……ここはどこ？」

「アンナさん、気が付いたんですね！　よかったぁ」

「もう、だから言ったではありませんか。封魔のペンダントはまだアンナさんには早いのですわ」

「……まさかこれほどとは……というか、こんなものをつけて平然としているシャーロットがおかしい。どういう神経してるの？」

「人が無神経みたいな言い方をしないでくださいまし！　たんに魔力の差ですわ！　そもそも平然としていたのはローラさんも同じでしょう！」

「ローラがおかしいのは周知の事実だから」

「サラッと酷《ひど》いこと言いましたね⁉」

封魔のペンダントは再びシャーロットの首におさまった。

アンナはちょっぴり悔しそうに口を尖《とが》らせてから起き上がり、スカートのホコリを落とす。

「ところで、あれがパジャマを買った店」

アンナが指差す先には、大きな雑貨屋《ざっかや》があった。

どうやら目的地のすぐそばでぶっ倒れたらしい。

「あ、あそこに行けば……あのお可愛らしい着ぐるみパジャマが手に入るのですわね……早く、一刻も早く！」

シャーロットは一人でパタパタと走っていく。

もう辛抱たまらないという感じだ。

あれで最初、今日来ないつもりだったというのだから笑わせてくれる。

「一番お可愛らしいのはシャーロット」

「同感です。シャーロットさんはとっても可愛いんですよ！」

そんなお可愛らしいシャーロットを追いかけ、ローラとアンナも雑貨屋に向かった。

※

雑貨屋は女の子にとって夢の世界だった。

文房具。カレンダー。ハンカチ。小瓶《こびん》。コップや皿。アクセサリー。鞄《かばん》。その他エトセトラ。

どれもこれもが可愛くて、ローラとシャーロットはきゃーきゃー黄色い声を上げながら、店の中をうろついた。

「そしてこれが着ぐるみパジャマですね！」

「お可愛らしいですわぁ……！」

一時間近くかけ、ようやくお目当ての品の前まで辿《たど》り着く。

そこには色とりどりの、様々な動物をモチーフにした着ぐるみパジャマが並んでいた。

「アンナさんが猫だったから、私たちは違う動物にしましょう」

「ローラは子犬っぽいから犬がいいと思う」

「そうですか？　じゃあそうしましょう。わんわん！」

自分で選ぶのもいいが、友達に決めてもらうというのも素敵だなぁと思うローラだった。

「わたくしはどれにしましょう」

「シャーロットはウサギっぽい」

「あ、分かります。シャーロットさんは絶対ウサギさんです！」

「わたくし、そんなにウサギっぽいですの？」

シャーロットは自覚がないらしく、不思議そうな顔をした。

「はい！　寂《さび》しがり屋さんなところとか！」

「一人ぼっちにしたら自殺しそう」

「するわけないでしょう！」

むきーと目を吊《つ》り上げるシャーロット。

やはり表情が分かりやすくて可愛い。

しかしローラは、自分がこのシャーロットと同じくらい感情が顔に出やすいということを思いだし、複雑な気分になった。

「じゃあ例えば。ローラに『だいっきらい』と言われるのを想像してみて」

「え、ローラさんに……？」

シャーロットはローラの顔をジッと見つめる。

そして不意に大粒の涙をこぼした。

「わ、わたくしもう生きていけませんわぁぁっ！」

「ええ⁉　落ち着いてくださいシャーロットさん。その私は想像上の私です！　現実の私はシャーロットさんを嫌いになったりしませんから泣かないで！　ほら、よしよし」

「うっうっ……ローラさん、ローラさぁぁん！」

涙と鼻水を流しながらローラに抱きつくシャーロット。

他《ほか》のお客さんが何事かと見に来る。

とても恥ずかしい。

ローラはアンナに助けを求めようとしたが、何と彼女は他人の振りをして明後日《あさって》の方向を見ている。

「あのシャーロットさん、皆が見てますから……恥ずかしいからやめてください！」

「そんな……やはりローラさんはわたくしが嫌いなのですね！」

「違いますって！　もう、どうしてこんなことになっちゃったんですかね⁉」

ローラは泣き止《や》まないシャーロットを引きずってレジまで行く。

「ほらほら。自分の分は自分で払ってください」

シャーロットはしくしく泣きながら財布《さいふ》からお金を出した。

が、店員から紙袋を受け取ると、着ぐるみパジャマを手に入れた喜びが悲しみを上回ったようで、しだいに笑顔になっていく。

「ふふふ、今夜はパジャマパーティーですわ」

「単純な人」

「アンナさん。何か言いましたか？」

「別に」

「嘘《うそ》おっしゃい！」

シャーロットはアンナの頬をムニムニと引っ張った。

「二人ともケンカしないでくださいよ。そんなことより、まだまだ時間がありますから、もっと色んなところで遊びましょう！」

「そうですわね。ローラさんはどこか行きたい場所とかありますか？　案内しますわよ」

「うーん……そもそも王都に何があるのか分からないので……」

思えば入学してからずっと、学園の敷地の中だけで生活していた。

なにせ、食堂に行けばタダでご飯を食べられるし、売店に行けば日用品が手に入る。

今日だって着ぐるみパジャマを買うという用事がなければ、寮に引きこもり座学の予習復習をするか、庭で剣の素振《すぶ》りをするかのどちらかだっただろう。

「それなら私にお勧めのスポットがある。とても活気があるし、私たちなら楽しみながらお金を稼《かせ》ぐこともできる」

「え、そんな凄い場所があるんですか⁉　私、さっきの着ぐるみパジャマで今月のお小遣《こづか》いを使っちゃったので、お金を稼げるならありがたいです！」

「アンナさん。私はずっと王都暮らしですけど、そんな場所は知りませんわよ？」

「そんなはずはない。知ってるけどピンときてないだけ」

シャーロットは顎《あご》に手を当てて考え込む。

しかし、どうしてもピンとこなかったようだ。

「降参ですわ……」

ローラも色々と考えてみたのだが、まったく想像できない。

楽しみながらお金を稼ぐ。

もし実在するなら、最高の場所だろう。

「二人とも情けない。ギルドレア冒険者学園の生徒として失格」

そしてアンナは答えを教えてくれた。

聞いてみれば、なるほど。

なぜ分からなかったのかと頭を抱えたくなるものだった。

「答えは簡単。冒険者ギルド」

※

冒険者ギルドはそれなりの規模の町なら必ずといっていいほどある。

各支部の独立性は高く、支部長と幹部の裁量によって運営されていた。

とはいえ横の繋《つな》がりが皆無《かいむ》というわけではない。

どこか一つの支部で冒険者登録すれば、他の支部に行ってもクエストを受けることができる。

強力なモンスターが現れ、その町にいる冒険者だけでは対処できないときは、他の支部に助けを求めることもある。

そして冒険者登録に年齢制限はない。

五歳児だろうと、死にかけの老人だろうと、自分の脚でギルドまで行くことができれば、簡単に登録できる。

もちろん、登録したての新米冒険者に難しいクエストは受注できない。

ほぼ確実に死ぬし、失敗が続けばその支部の信用が失墜《しっつい》してしまう。

よって冒険者はランク制になっている。

最初はGランクから始まり、実績を積んでいくとFランク、Eランクと昇級していくのだ。

ランクが上がれば難しいクエストを回してもらえるようになる。

「実は私、Eランク冒険者」

王都の冒険者ギルドに向かう最中、アンナは意外なことを口走った。

「ええ!?　まだ学生なのにもう冒険者なんですか？」

と、ローラは驚いたが、シャーロットはさも当然という顔だ。

「あら。わたくしも登録だけはしていますわよ。まだクエストを受けたことがないのでGランクのままですが。何せGランクのクエストは薬草採集とか畑仕事の手伝いとか、とても冒険者の仕事とはいえないようなものばかりですもの。けれどギルドレア冒険者学園を卒業すれば、一気にCランク。そこそこ歯ごたえのあるモンスターとも戦えますわ」

「私は地道に頑張ってEランクまできた。ギルドの昇級審査は厳しいから、ランクを上げるのは時間がかかる。特に子供は実力があってもなかなか昇級できない」

アンナいわく、Eランクになって、ようやくまともな稼ぎになるらしい。

それ以下のランクはお小遣いレベルの報酬だ。

在学中、あるいは入学前に冒険者デビューする生徒はアンナ以外にも沢山《たくさん》いて、遊ぶ金にしたり、実家に仕送りしたりしているという。

「とはいえ、週末の二連休くらいしかクエストを受けられないから、そんなガッツリは稼げない。長時間の護衛任務とかも無理」

「出席日数たりなくなってしまいますわ。それと確か『Dランク指定以上のモンスターと戦ってはいけない』という校則がありましたわ。普通の生徒は返り討ちにあってお終《しま》いですから」

「なるほどー。じゃあ私も登録だけしてみますか」

「登録すればギルド直営店で安く武器を買える。あとモンスターから剝《は》ぎ取った素材とか、遺跡で見つけたアイテムとか買い取ってくれる。これを利用すればクエストを受注しなくても、そこそこ稼げる。誰かの依頼じゃないから失敗しても迷惑がかからない。自分が死ぬだけ」

「おお！　じゃあ皆でモンスター退治に行きましょう！」

冒険者ギルドは水路沿いにある大きな建物だ。

中に入ると、顔に傷のある大柄な男や、フードを被《かぶ》ったいかにも魔法使いらしい者などがウロついていた。

カウンターには幾人かの受付嬢がいて、冒険者たちの対応をしている。

「あそこの掲示板にクエスト内容が書かれた紙が貼《は》ってある。受けたいクエストがあれば剝《は》がして受付に持っていく。ただし自分のランクより高いクエストは受けられない。冒険者登録も受け付けでやる。二階に行くと酒場がある。私たちは子供だからお酒は飲めないけど、料理が安くて美味《おい》しい。酒場では情報交換とか、パーティーの勧誘が盛ん。建物の裏にいくとギルド直営の武器屋とか道具屋が並んでる。安くてそこそこいい品が揃ってる。私の剣もギルド直営の武器屋で買った。これらの店は冒険者じゃないと利用できない」

「ほへー。冒険者になると色々特典があるんですね。安くてそこそこいい店が利用できるというのが気に入りました！」

「あら。安くてそこそこな品より、高くても超一級の物を選ぶべきではありませんこと？」

ローラとアンナが「安いことはいいこと」と盛り上がっていたのに、横からシャーロットが水を差してきた。

「……これだから金持ちは」

「私の実家はそこそこお金ありましたけど、そんな贅沢《ぜいたく》はしてませんでしたよ！　シャーロットさんの金銭感覚が心配です！」

「いいえ！　細々とした節約に頭を悩ますよりも、収入を増やすことに全力を尽くすべきですわ！」

なぜか冒険者ギルドで金銭感覚の話題に花を咲かせる少女三人であった。

「収入を増やし、なおかつ支出を減らす。これがお金を貯《た》めるコツ。使った分稼げばいいというシャーロットには家計簿を任せられない。いいお嫁さんになれない」

「わたくしの目標は最強の冒険者。お嫁さんなんてどうでもいいですわ」

「えー。私は冒険者とお嫁さんの両方になりたいです。お母さんは両方を上手《うま》くやってますよ」

「ロ、ローラさんがわたくしのお嫁さんに⁉」

「そんなことは言ってません！　どういう聞き間違いですか！」

そう言い返すとシャーロットはガックリとうなだれた。

女の子同士で結婚できないのは分かりきっているのに。

何を考えているのだろうか。

「はっ！　もしかしてシャーロットさん、あやしい趣味の人だったんですか⁉」

「ち、違いますわ！　ただ……ローラさんが他の人のお嫁さんになってしまったら……もうローラさんを抱き枕《まくら》にすることができなくなってしまいますので……」

「一生私を抱き枕にするつもりなんですか⁉」

「アホなこと言ってないで、早く冒険者登録したほうがいい。今なら受付が空いてる」

アンナに指摘され、ローラはようやく当初の目的を思い出した。

そうだ、自分はシャーロットの抱き枕ではなく、冒険者志望の少女なのだ。

「すいませーん。冒険者になりたいです！」

「まあ、可愛い冒険者志望さんね。じゃあ、ここに自分の名前を書いてから、拇印《ぼいん》を押してね。文字が書けないなら、私が代筆するけど？」

「大丈夫です、書けます！」

「小さいのに偉いわねぇ」

すらすらと自分の名前を書くローラに、受付嬢は感心した様子だった。

文字の読み書きは、小さい頃《ころ》から父と母に教え込まれた。

冒険者で一番大切なのは強さだが、だからといって頭が悪くてもいいわけではない。

そもそも字が読めないと、掲示板のクエスト内容すら読めないのだ。

「ローラ・エドモンズさんね。じゃあちょっと待っててね。冒険者プレートを作ってくるから」

「はーい」

五分ほど待っていると、受付嬢が小さな金属板を持ってきた。

それには『ローラ・エドモンズ』『Gランク』と刻印されている。

「これを見せれば、世界中どこの冒険者ギルドでもクエストを受けられるわ。再発行は手数料がかかるから、なくさないように気をつけてね」

「分かりました。ありがとうございます！」

これでローラも冒険者だ。

ただ登録しただけなのだが、それでも嬉しくて、冒険者プレートを握りしめてシャーロットとアンナのところまで走って行く。

「見てください！　じゃーん！」

「登録おめでとう」

「これで全員が冒険者ですわね。さて、何を狩りに行きましょう？」

「私のオススメは一角《いっかく》ウサギ。肉も角《つの》も高く売れる」

「いくら稼ぎがよくても歯ごたえがなければ駄目ですわ。どこかにドラゴンはいませんの？」

「王都の近くにドラゴンが出たら大騒ぎになる。それにドラゴンと戦うのは、私たちにはまだ早い」

ドラゴンは最強のモンスターだ。

これはどんな田舎者《いなか》でも知っている。

ドラゴンを倒したパーティーは名を一気に売ることができるし、単騎で倒せばAランク相当の実力者とみなされる。

アンナもシャーロットも学生としては最強クラスだが、ドラゴンと戦うのは気が早いというものだ。

「まあ、ローラが本気を出すっていうなら話は別だけど」

「ローラさんに頼ったら修行になりませんわ！」

「私もドラゴンと戦うのは嫌ですよー」

「そう？　ローラなら余裕で勝てると思うけど」

「ええ。ローラさんなら勝てるでしょうね……悔しいですわ！」

シャーロットは頬を膨《ふく》らませてすねる。可愛い。

しかし、本当にローラはドラゴンに勝てるのだろうか？

ドラゴンの強さは両親からも聞いたし、絵本にも出てくる。

ローラにとってドラゴンとは、激しい修行の末にようやく倒せる怪物というイメージだ。

だが、ローラたちの担任であるエミリアは、ドラゴンを一人で倒した功績でAランクになった。

そのエミリアをローラは一対一で倒した。

なら、ローラもドラゴンを倒せるのかもしれない。

まあ、王都の近くにドラゴンなんているわけがなし、いたとしたら既に討伐隊が送られているはずだから、試しようがない。

（もし本当に倒せるならやってみたいかも……？）

そう思ったのも束《つか》の間《ま》。

「大変だ！　川の下流にリヴァイアサンが出た！　俺《おれ》の仲間が戦ってる……誰か助けに行ってくれ……！」

突然、ギルドに男が飛び込んで来て、大声で叫ぶとそのままバタリと倒れた。

「リヴァイアサンですって⁉」

「水辺に出る亜竜《ありゅう》。噂《うわさ》ではドラゴンより格好いいらしい」

「見たいです、超見たいです！」

ローラたち三人は顔を見合わせ、そしてコクリと頷《うなず》く。

三人の様子を見ている大人がいたら「子供だけで危ないところに行っては駄目」と叱《しか》ってくれただろうが、幸か不幸か、ギルドはリヴァイアサンという単語のインパクトで騒然としている真っ最中だった。

※

ギルドに駆け込んできた男は『真紅《しんく》の盾《たて》』の構成員だった。

真紅の盾はBランク冒険者三人とCランク冒険者五人からなる、王都近隣でも屈指《くっし》のパーティーだ。

モンスター討伐クエストの達成率は何と百パーセント。

ギルドから絶対的な信頼を得ている。

そして今日は、異常繁殖した『四本バサミ蟹《がに》』の群れを討伐するため、王都近くを流れる大河『メーゼル川』下流に向かった。

真紅の盾は順調に四本バサミ蟹を倒していったが、突如《とつじょ》として水面から巨大な影が現れた。

本来海にいるはずのリヴァイアサンだった。

リヴァイアサンは亜竜《ありゅう》。

本物のドラゴンには劣《おと》るが、何の準備もなしに挑めるモンスターではない。

しかし真紅の盾は戦うしかなった。

背を向けて逃げれば後ろから攻撃されるだろうし、何よりリヴァイアサンを足止めしないと近隣の村や王都に被害が出る。

「頼む……仲間はまだ戦っているはずだ……応援を……」

男は最後の力を振り絞って声を出す。

おそらく脚力強化の魔法を使い、全力でここまで走り、体力も魔力も消費し尽くしたのだろう。

「安心してください。今から緊急クエストを出します。貴方の仲間は必ず救ってみせます」

受付嬢の一人が男を抱き起こす。

すると彼は安堵《あんど》した顔になり、ついに気絶してしまう。

しかし、今からクエストを出し、冒険者を編成して送りつけて間に合うものではない。

リヴァイアサンの討伐は可能だろうが、彼の仲間は……。

「もし真紅の盾を助けるつもりなら、急いだほうがいい。私たちが全力で走れば、もしかしたら間に合うかも」

「ちょっと待ってくださいな。Dランク指定以上のモンスターと戦ってはならないという校則がありますわ。リヴァイアサンはBプラス。バレたら停学ですわ」

「けど、人命がかかってる」

そうだ。停学は大変だが、人が死ぬのはもっと大変だ。

せめてローラだけでも行くべきではないのか。

さっきの男が言っていた場所まで、脚力強化の魔法を使えば五分ほどで着く。

サッと倒し、サッと帰ってくれば学園にはバレないはずだ。

（いや、それよりもいい方法を思いついた！）

手に持っている紙袋の中身こそ、この状況を打開する最強の装備だ。

「丁度《ちょうど》、通り道なので寮に寄っていきましょう！　アンナさんのパジャマを取りに行くのです！」

「パジャマ……？　ローラさん、まさか……」

「はい。私たちは……変身をするのです！」

※

真紅の盾は壊滅寸前。

まだ全員生きているのが奇跡だった。

「諦《あきら》めるな！　きっと助けが来る……それまでは持ちこたえろ！」

リーダーであるBランク剣士は叫び、そして迫り来るリヴァイアサンの牙《きば》を弾《はじ》き返す。

魔法使い三人による筋力強化と防御力強化によって、辛《かろ》うじて前衛は支えられている。

怪我《けが》も余程深くない限り、この場で治せる。

しかし、それも魔法使い三人の魔力が残っているうちだ。

魔力は、もうじき切れる。

その瞬間、真紅の盾は全滅するのだ。

（くそ……やはり、あいつは間に合わなかったか……）

口には出さないものの、リーダーは諦めかけていた。

そのとき。

「リヴァイアサンさん！　狼藉《ろうぜき》はそこまでです！」

着ぐるみ姿の少女が三人現れた。

※

寮に帰って着ぐるみパジャマに着替えたローラたちは、川を下って爆走した。

ローラとシャーロットは当然として、アンナもかなり筋力強化の魔法が使えるようになっている。

そこでローラが先頭になり、スリップストリームを利用してここまで走ってきた。

スリップストリームとは、高速で移動する物体後方に発生する螺旋《らせん》状の空気流のことだ。

この現象によりローラ後方の気圧が下がり、シャーロットとアンナを引っ張り、超加速に成功した。

そして何とか真紅の盾が生きているうちに辿《たど》り着くことができたのだ。

「ちょ、ちょっとローラさん。この姿はやはり恥ずかしいですわ……！」

「今の私はローラじゃありません。わんわん一号です！　ね、にゃー二号さん」

ローラは猫の着ぐるみパジャマを着たアンナに語りかける。

「そう。今の私は『着ぐるみ戦隊パジャレンジャー』の一人、にゃー二号。うさうさ三号も恥ずかしがってないで堂々とすべき」

「うぅ……なぜわたくしがこんなことを……ガザード家の名に傷が……」

シャーロットは涙目になる。

だが観念したのか、顔を上げてリヴァイアサンを睨《にら》み付けた。

リヴァイアサンは蛇《へび》のように細長いシルエットをしている。

その大きさはドラゴンの亜種だけあって、巨大であった。

開かれた口は人間を三人ほど一気に丸呑《まるの》みできそうなほどで、凄《すさ》まじい威圧感を放っている。

しかしシャーロットは少しも怯《ひる》まない。

「そもそも、あなたがこんな王都の近くに現れるのがいけないのですわ！　何ですの、四本バサミ蟹が増えたから食べに来たんですの？　はっ、浅ましいですわ！」

「蟹に目が眩《くら》み、王都の平和を脅《おびや》かすリヴァイアサンよ。天が許しても私たちが許さない」

シャーロットの台詞《せりふ》にアンナが乗っかっていく。

そして仕上げにローラが叫ぶ。

「天下無敵の仲良し三人組。着ぐるみ戦隊パジャレンジャー！」

その場のノリで三人が決めポーズをすると、ちゅどーんと背後で爆発が起きた。

ローラの魔力で引き起こした演出である。

真紅の盾がポカンとした顔でこちらを見つめている。

それどころかリヴァイアサンまで固まっていた。

着ぐるみ戦隊の格好良さに見とれているのだろうか。

「まずは私が一番手」

アンナは着ぐるみの上から背負った剣を構え、リヴァイアサンに斬《き》りかかっていく。

しかし刃が通らない。

リヴァイアサンの鱗《うろこ》は固く、アンナの斬撃《ざんげき》ですら表面で止まってしまうのだ。

「にゃー二号さん、危ない！」

斬撃を弾いたリヴァイアサンは、咆哮《ほうこう》を上げて体を鞭《むち》のようにしならせアンナに体当たりする。

ローラは魔力を跳ばし、アンナに防御魔法をかける。

そのおかげでアンナは無傷。吹っ飛ばされるだけで済んだ。

「なら次はわたくしですわ。光よ――」

シャーロットは封魔のペンダントを外し、呪文《じゅもん》詠唱を開始する。

「我が魔力を捧げる。ゆえに契約。敵を粉砕せよ――」

入学初日に見せた光の矢。

ただし、そこに込められた魔力は、あのときよりも各段に上がっている。

彼女が日々の努力を続けてきた証明だ。

だが、相手は亜竜リヴァイアサン。

真正面から魔法を放つというのは下策《げさく》であった。

「ＧＯＮＮＮＮＮＮＮ！」

リヴァイアサンが唸《うな》り声を上げる。

すると光の矢は命中する直前、霧のように散ってしまった。

「なっ、わたくしの魔法が分解された⁉　亜種とはいえ竜は竜。魔法の心得《こころえ》もあるということですわね……では、これならどうですの！」

そしてシャーロットは次から次へと攻撃魔法を放つ。

分解が追いつかないほどの物量で攻めようというのだ。

が、いくら天才とはいえ十四歳の少女とリヴァイアサンとでは、後者のほうが何枚も上手だった。

攻撃魔法のほとんどが分解され、かろうじて数発が命中したが、分厚い皮膚に阻《はば》まれ、さして効果が上がらない。

「くっ……噂にたがわぬ怪物ですわ……！」

シャーロットは肩で息をしながら悔しそうに言う。

「ふっふっふ。では次は私の番ですよ！」

ローラは一歩前に出て、笑みを浮かべて仁王立ちをする。

その瞬間、リヴァイアサンの目が細まったように見えた。

そして殺気が一気に膨れ上がった。

今までは人間をもてあそんでいるような様子だったのに、その余裕が消えたのだ。

どうやらローラの力を見抜いたらしい。

「GAAAOOOONNNNNNNッ！」

空間そのものを震わせるような超低音。

同時にリヴァイアサンから膨大《ぼうだい》な魔力が広がっていった。

「これは……リヴァイアサンの呪文ですの⁉」

「川が凍《こお》ってます！」

メーゼル川は文句なしの大河であり、小さな村ならスッポリ収まってしまうほどの幅がある。

そんなメーゼル川の流れが止まった。

真っ白な氷に覆い尽くされ、大気の温度まで下がっていく。

吐く息が白い。

そして凍った川が盛り上がり、幾本もの柱が形成されていった。

「まさか、あの氷の柱を私たちにぶつけるつもり？」

アンナが剣を構え直しながら呟《つぶや》く。

柱一本一本がアンナよりも遥《はる》かに大きい。

剣で防ぐのはおそらく無理だろう。

「来ますわ！」

「大丈夫です、防御結界を張ります！」

ローラは自分たちと、更《さら》に真紅の盾をも包む巨大な防御結界を構築した。

リヴァイアサンの魔力に操《あやつ》られた氷の柱は十本、二十本と飛来してくるが、全《すべ》て結界に阻まれ砕け散る。

「そして真打ちの私、わんわん一号の攻撃ですよ！　今ので氷魔法を覚えちゃいましたからねー」

ベギベギッ、という音を上げ、川の氷が全て宙に浮き始めた。

それは空高くで静止し、砕け、形を再構成し、眼下を狙《ねら》う槍《やり》の群れとなる。

その数、おおよそ千。

矛先《ほこさき》は無論、リヴァイアサンを向いていた。

「いっけえええ！」

ローラの合図とともに、千の槍が落下した。

リヴァイアサンは咆哮で空気を振動させ氷の槍を破壊する。

が、砕けたのはせいぜい十数本だ。

千の物量の前では焼け石に水。

そのまま為《な》す術《すべ》なく貫かれ、引き裂かれ、そして細切れになっていく。

「GUAAAN！」

リヴァイアサンの断末魔《だんまつま》だ。

それを最後に力尽き、巨体を地面に投げ出す。

地震のような揺れを引き起こし、そしてもう動かない。

「やったー、勝ちました！　真紅の盾の皆さん。大丈夫ですかー？」

ローラは真紅の盾へ手を振る。

「あ、ああ……それで君たちは一体……？」

「私たちは通りすがりの動物『着ぐるみ戦隊パジャレンジャー』です。ギルドレア冒険者学園の生徒ではありませんよ。断じて！　では、さらばです！」

「あ、ローラさん、待ってくださいな！」

「真紅の盾から金一封くらいもらってもバチは当たらないのに……」

正体がバレる前に離脱するべきだ。

再びスリップストリームで加速し、王都を目指す。

それにしても今日は楽しかった。

友達と買い物したり、冒険者登録したり、リヴァイアサンを倒したり。

最後のを誰にも自慢できないのはちょっと惜しいが、真紅の盾を助けることができたのだ。

よしとしようではないか。

※

シャーロットは眠れなかった。

自分もローラも可愛らしい着ぐるみパジャマに身を包み、この上なく幸せなはずなのに。

頭の中はリヴァイアサンを倒すローラの猛攻で一杯だった。

「ふにゃぁ……イチゴパフェ美味しいです……」

このとぼけた寝言の主が。

同年代の女の子と比べても頼りない顔をしたローラが。

王都最強格のパーティー『真紅の盾』ですら倒せなかったリヴァイアサンを一瞬で屠《ほふ》り去ったのだ。

今更驚くに値しない。

その程度の力を有しているだろうというのは分かっていた。

しかし問題なのは、シャーロットがリヴァイアサンに歯が立たなかったと言うことだ。

その事実を突きつけられた直後のローラ無双《むそう》である。

力の差が大きすぎる。

エミリアはより強烈な形でそれを叩き付けられ、それでも立ち上がった。

自分にもそれができるだろうか？

否《いな》。何だその考え方は。

立ち上がるのではない。勝つのだ。ローラ・エドモンズに勝つのだ。

しかし、いつ？　どうやって？

「挑むのは一学期の終わり……夏休み前の校内トーナメント。方法は……」

方法は決まっている。

努力と根性。

シャーロットはそれで強くなってきた。

それ以外の方法など知らない。

その純度をひたすら上げていく。

本当にそれで追いつけるのか？

知るか。やる前から自分を疑ってどうする。

ただひたすら、砕け散るまで鍛えるだけだ。

見上げているだけでは駄目なのだ。

追いついて、食らい付いて、追い越す。

そのくらいのつもりでやらないと、ローラの足元にも届かない。

こんなに近くにいるのに、とても遠くの存在に感じてしまう。

嫌だ。

友達なのに。ずっと友達でいたいのに。

友達だからこそ肩を並べたいじゃないか。

なのにローラはどんどん強くなっていく。

始めから差があったのに、開く一方だ。

「けれど、すぐに追いつきますわ。あなたは気にせず突き進んでください。一人にはさせません」

今までの自分は常識的だった。

正気を保っていられるトレーニングなどたかが知れている。

ここから先は正気を捨てるつもりでやらねばならない。

特にトーナメントの直前は、人間をやめるくらいの覚悟で臨む。

「大好きだからこそ、あなたを倒しますわ、ローラさん」

※

一週間は七日ある。

そのうちの五日が授業のある日で、週末の二日はお休みだ。

そしてローラは二日目の休みを座学の自習に使うことにした。

なにせ座学で習うのは知らないことばかりだ。

授業についていくのは難しい。

昨日は皆で買い物をしたりリヴァイアサンを倒したりしたから、今日くらいは真面目《まじめ》に勉強しよう。

（シャーロットさんがいたら分からないところを聞けるんだけど……）

頼れるシャーロットは今日もどこかで特訓中だ。

一体どんな特訓をしているのだろう。

聞いても教えてくれない。

できることなら一緒に特訓したほうが楽しいはずだ。

しかし残念ながらローラには『特訓しないと魔法が使えない』という感覚が分からないのだ。

（実際のところ、皆《みんな》は私のこと、どう思ってるんだろう？）

敵？　ライバル？　化物？　どうでもいい？

（ちょっと怖くて聞けないな……）

少なくとも内心穏やかではないだろうとは想像できる。

だから、これでも一応、目立たないようにしているつもりだ。

だが昨日のリヴァイアサンの一件は……羽目を外してしまったような気がする。

もっと自重《じちょう》しよう、とローラは決意した。

「ローラいる？」

ベッドに寝そべって教科書を読んでいると、ドアがノックされた。

「アンナさん？」

開けると、着ぐるみパジャマ姿のアンナがいた。

「暇《ひま》だから遊びに来た」

「おー、どうぞどうぞ」

勉強をさぼる口実ができて喜ぶローラであった。

「ところで、どうして昼間からパジャマなんですか？」

「制服とこれしか服を持っていないと言ったはず」

「……いつ洗濯してるんです？」

「ちゃんと三日に一回は洗ってる。そして魔法学科の人に頼んで温風をかけてもらう。そうすれば一瞬で乾く」

「なるほど……」

アンナ式生活の知恵である。

ローラが真似《まね》をする機会はなさそうだ。

「ところで、学園内で私たちのことが話題になってた」

「へ？」

「着ぐるみ戦隊パジャレンジャー」

「ああ……でも、正体が私たちだってのはバレてませんよね？」

「今のところは。リヴァイアサンに襲われた真紅の盾を救った、なぞの着ぐるみ三人組。その正体を巡って、食堂とか訓練場とかで議論の嵐《あらし》」

「ふふふ……まさか着ぐるみの中身が私たちだとは誰も思わないでしょう！」

「そう。完璧《かんぺき》な変装だった」

ローラとアンナは満足げに頷き合う。

と、そこへ意外な人物がやって来た。

魔法学科の教師エミリアである。

「ああ、いたいた。ねえローラさん、アンナさん。それと……シャーロットさんはいないのね」

「シャーロットさんはどこかで特訓中ですよー」

「そんなことだろうと思ったわ。昨日もシャーロットさんだけ特訓？」

「いいえ。昨日は三人で遊んでいました！」

「そう……ところで昨日のリヴァイアサンの一件は聞いた？」

「はい！　なぞの着ぐるみ三人組が、真紅の盾を救ったんですよね！　どんな三人なんでしょうか、気になります！」

我ながら素晴らしい演技だとローラは自画自賛した。

これで完全に誤魔化せる。

「着ぐるみ戦隊パジャレンジャーを名乗る三人は、それぞれ犬と猫とウサギの格好をしていたらしいわ。それでアンナさん。あなた猫の着ぐるみね」

「な、なんという偶然」

指摘されたアンナは、珍しく狼狽《うろた》えた声になる。

「それから、そこのベッドの上に、犬とウサギの着ぐるみも転がってるわね」

「ぐ、偶然って重なる物なんですねぇ！」

ローラは冷や汗をかいた。

しかし、まだ誤魔化せるはずだ。頭脳をフル回転させろ。

「……後学のために聞きたいんだけど、二人とも本気でバレないと思ったの？　と言うか、隠す気あるの？」

エミリアはため息混じりに言う。

「な、何のことか分かりません……エミリアせんせーは何を疑っているんですか……」

「さっぱりさっぱり」

「二人とも目が泳いでるわよ。ちゃんと私のほうを見なさい！」

エミリアの口調が強くなった。

ローラとアンナはビクリと震える。

これはもしや、最初からバレていたのか？

何という推理力。Aランク冒険者は伊達《だて》ではない。

ローラは戦慄《せんりつ》を禁じ得ない。

「Dランク指定より強いモンスターと戦っちゃいけないって校則があるのは知ってるわよね？」

「はい……」

「リヴァイアサンのランクは？」

「Bプラスです……」

ローラはうつむき、観念して聞かれるがままに答えた。

アンナも顔中脂汗だらけになっている。

「はぁぁ……まあ、あなたたちが駆けつけなきゃ真紅の盾は全滅してたし、リヴァイアサンと戦えるだけの力があるのも知ってるけど。少しは誤魔化す努力をしてちょうだい。教師としては、こんな露骨に校則違反されたらたまったものじゃないわ。今回は着ぐるみの可愛さに免じて見逃してあげるけど、次からはバレないようにやってね。頼むわよ、ほんと」

エミリアは懇願《こんがん》するように言ってから、二人の頭をなでて退室していった。

バタンと扉が閉まると、ローラとアンナは大きくため息を吐《つ》いた。

「怒られちゃいましたね」

「うん。怒られちゃった」

「次からはバレないようにやれと言われました」

「つまり、目撃者の口封じをしろってこと？」

「ひぇぇ……エミリア先生って怖い人です！」

「ぶるぶる」

ローラとアンナは抱き合って震えた。

冒険者への道のりは険しい。

第六章 校内トーナメントです

このファルレオン王国の冒険者でガザード家の名を知らない者はいない。

代々〝優秀〟な魔法使いを輩出している伝統ある家系だ。

しかし、ほんの百数十年前までガザードは〝最強〟の魔法使いの代名詞だった。

それがあの『大賢者』のせいで頂点から転落した。

大賢者カルロッテ・ギルドレアは人類史上、最大最強の魔法使いだ。

そこに異論を挟む者はなく、もはや挑もうとする者すら存在しない。

そう、誰《だれ》も挑まないのだ。

ただ見上げるばかり。そして首を目一杯上げてもその全容が見えないから、諦《あきら》めてしまう。あれは自分たちとは関係ない。立っているフィールドが違うのだと誤魔化《ごまか》す。

かつて最強だったガザード家ですら、凡百《ぼんぴゃく》の魔法使いたちと同じくカルロッテ・ギルドレアから目をそらし続けている。

シャーロットはそれが昔から耐《た》えがたかった。

偉大なご先祖様の話は何度も親から聞かされた。

魔法の新理論をいくつも作り、古代遺跡を発見し、王にすら助言し、戦争では切り札となった。

そんな先祖の逸話を嬉々《きき》として語るくせに、現状を恥《は》じない。

先祖が偉大？

ああ、それで？

大賢者に負けたままで恥ずかしくないのか貴様らは。

両親も兄弟も祖父《そふ》も祖母《そぼ》も、お前たちにガザードを名乗る資格なし。

かつての威光は自分が取り戻す。

大賢者カルロッテ・ギルドレアを打ち破《やぶ》る。

そんな陳腐《ちんぷ》で幼稚《ようち》な、子供時代にありがちな夢を抱いてシャーロットは努力を重ねた。

自分の才能がガザード家の中でも優れたものだというのはすぐに分かった。

行ける。届く。大賢者を倒せる。

そう信じて疑わず、ギルドレア冒険者学園に入学し――。

本物の天才と出会った。

自分などただの人間だと思い知った。

天才というのは人間と違う生物なのだ。

ローラ・エドモンズ。彼女に勝てなければ大賢者など夢のまた夢。

「結構。相手が怪物だというなら、こちらも人間をやめればいいだけの話ですわ」

いつの間にかガザード家などどうでもよくなり、シャーロット個人としてローラを追いかけていた。

あの子に勝ちたい。友達だからこそ負けたくない。

そう想《おも》って願って――やがて。入学したばかりだと思っていたのに、もう学期末の校内トーナメントまであと半月という時期になってしまった。

頃合《ころあ》いだ。

学校に行っている場合ではない。

今からシャーロットは人間をやめて鬼と化す。

「ここがガザード家の修行場、アビスの門……」

山の奥深くにポツンとある洞窟《どうくつ》。

その入り口は鉄の門で封印されている。

この奥には、ガザード家がかつて使役していた霊獣が住んでいるらしい。

侵入者を見付け次第、生かさず殺さず嬲《なぶ》れという命令を受け、ガザード家の者が修行に来るのを待ち受けているのだ。

しかし、もう百年以上使われていないという。

門の鍵《かぎ》は実家から盗んできた。

不眠不休で動き続けられる秘薬も持ってきた。

（一粒で三日は動き続けられるはずですわ……）

門を開ける前に、シャーロットは黒い丸薬を飲み込んだ。

その瞬間、心臓がドクンと跳《は》ねた。体が芯《しん》から熱くなる。

なにやら視覚も妙に鋭敏《えいびん》化しているような気もする。

「この即効性……明らかに危険な薬ですわね……こうでなければ役に立ちませんわ」

目的達成のためには手段を選ばないと決めたのだ。

躊躇《ちゅうちょ》はしない。

さあ、次は門を開けよう。

百年間、誰も足を踏み入れていない洞窟。

それを封印する錠前にシャーロットは鍵を差し込んだ。

カチャリ――。

ついに解錠してしまった。

するとシャーロットが力を込めなくても、門は勝手に開いた。

そして奥に広がる闇《やみ》から、黒い腕が伸びてきた。

何本も何本も。

「な、何ですの⁉」

それらはシャーロットの体にまとわりつき、信じがたい力で締《し》め付けながら、洞窟の中へと引っ張った。

骨が軋《きし》む。皮膚が裂ける。

「ぐ、うっ……！」

この時点でシャーロットは満身創痍《まんしんそうい》だ。

激痛で回復魔法を使う余裕もない。

なのに傷が癒《い》えていく。

恐るべきことに、この黒い腕はシャーロットを破壊しながら回復させているのだ。

生かさず殺さず嬲れ――それがご先祖様の命令。

なるほど忠実だ。

「臨むところですわ……！　この試練を越えれば、わたくしはきっとローラさんに……」

気絶しそうな痛みに耐え、歯を食いしばってシャーロットは目を見開く。

赤い瞳《ひとみ》が闇の中で、爛々《らんらん》と光っている。

一つや二つではない。数十……いや百を超えるだろう。

そして、この世のものとは思えない唸《うな》り声が響き、刹那《せつな》、シャーロットの体は――。

※

「エミリア先生。シャーロットさんがどこに行ったのか、まだ分かりませんか？」

朝、授業が始まる前。ローラは職員室に行き、エミリアを捕まえ、何度目になるか分からない質問を放った。

そしてエミリアは前と同じ答えを返してくる。

「分からないわ。ご両親も心配しているのだけれど……衛兵に捜索願を出したし、私たちも全力で探しているから、ローラさんは授業に集中して」

「はい……」

寮の部屋には手紙が残されており、短く「修行に行ってきます。探さないでください」と書かれていた。

最初はシャーロットらしいと笑っていたローラだが、三日も留守にされると、流石《さすが》に心配になってくる。

もうすぐ夏休みだ。その前に校内トーナメントがある。

校内トーナメントは学年ごとに行われる武闘大会で、生徒たちがどのくらい成長したかを調べるために行われる。

とはいえ、各学年それぞれ八十人ほどいるのだ。

まともにトーナメントをしていては何日かかるか分からない。

そこで幾つかのブロックに分けて、バトルロイヤルをする。

バトルロイヤルを勝ち抜いた者だけが本戦のトーナメントに進むことができる。

剣士は真剣を使うし、魔法学科の生徒も本気で魔法を撃《う》つ。

よって怪我《けが》人が出ることを前提としており、教師がいつでも回復魔法を使えるように待機している。

また死者が出ると判断された場合、即座に試合は中止され、勝敗は判定によって下される。

ギルドレア冒険者学園が創立されてから約半世紀が過ぎたが、今のところ、校内トーナメントで死者が出たことはない。

おそらく今年も大丈夫だろう。

腕に覚えがある生徒は校内トーナメントを楽しみにしている。

それはローラもアンナも同じだ。

シャーロットの性格から考えて、校内トーナメントに備えて山ごもりでもしているのだろう。

ゆえに、そこまで深刻に心配しなくてもいいはずなのだが……やはり心配だ。

自分やアンナも大概だが、シャーロットの無茶の仕方は尋常《じんじょう》じゃない。

気絶するまで修行して、エミリアに担がれて部屋に帰ってくるのもしばしば。

そんなシャーロットを一人にしてしまっていいのか？

（でもシャーロットさんは私よりずっと大人だし、ちゃんとやってる、よね？）

気になって授業に身が入らない。

エミリアに頭をコツンと叩《たた》かれクラスメイトに笑われてしまう。

※

放課後。

ローラはいつものように訓練場でアンナと剣を交《まじ》えながらボヤいた。

「そう……まだシャーロット帰ってこないんだ」

「はい……心配で心配で……まあ校内トーナメントまでには帰ってくると思うんですけど」

こうして雑談をしている以上、本気で打ち合っているわけではない。

とはいえ、互いに一年生レベルの動きではなかった。

それどころか三年生でも二人の動きについてこれる者は稀《まれ》だ。いや、皆無《かいむ》かも知れない。

アンナの筋力強化の魔法は覚えたてのころに比べ、随分《ずいぶん》と上達した。

素の状態に比べ二倍以上まで強化されている。

また最近では防御魔法も実用レベルに達し、熊に殴られた程度ではスリ傷も負わないようになった。

今のアンナと戦うには、流石のローラも筋力強化の魔法を使うしかない。

ただし全力で使うと勝負が成立しなくなるので、アンナと同等の強さに抑える。

これによりローラは、剣の修行と魔力制御の修行を同時に行えるというわけだ。

「ところでローラ。ちょっと提案」

「ん？　なんですかぁ？」

「場所変えない？　ここは狭くて思いっきり剣を振れない」

「……ああ、なるほど」

この訓練場は誰でも自由に使用できる。

よってローラとアンナ以外にも十数人の生徒がいた。

本来ならそれでも余裕で訓練できる広さがあるのだが、筋力強化魔法を使用したローラたちは学生の域ではなかった。

もし二人が本気で斬《き》り合うと、周りの生徒を巻き込んで大量殺人の現場になってしまう。

「つまり、本気でやりたいんですね？」

「うん。校内トーナメント、ローラは無理でも、せめてシャーロットには勝ちたいから」

二番手扱いされたシャーロットがここにいたら、さぞ怒るのだろう。

「分かりました。じゃあグラウンドに行きましょう。トーナメントに向けて部活も休んでいるはずなのでスカスカですよ！」

「なるほど、それは盲点」

ローラとアンナは剣を持ち、グラウンドへ向かってタッタカ走り出す。

今から行うことに関して、なにか重大な決まり事があったような気もするが……あとで考えよう。

「さあ、始めましょうアンナさん！」

「思いっきり行くから覚悟して」

誰もいないグラウンドで剣を構え、対峙《たいじ》する二人。

先に仕掛けたのはアンナだった。

その初速の速さにローラは驚愕《きょうがく》する。

踏み固められた地面が抉《えぐ》れるほどの脚力で、アンナは土煙《つちけむり》とともに突っ込んできた。

動き自体は単純だが、速度が予測を遥《はる》かに超えている。

ローラは剣の耐久度と己《おのれ》の筋力を強化し、辛《かろ》うじてアンナの一撃を受け止めた。

「い、今までは全然本気じゃなかったってことですか⁉」

「訓練場で本気をだしたら死人が出るから。でもローラなら大丈夫だって信じてた。じゃ、もっと速《はや》くしても大丈夫だよね」

「ちょ、ちょっと待ってください！　ちょまァァッ！」

このまま打ち合ったら確実に押し負ける。

しかし無制限に筋力強化したら、アンナを殺してしまう。

丁度《ちょうど》いいレベルまで強化したいのに、その調整の暇がない。

「ハッ！」

出会ってからこれまでで最強の横薙《な》ぎがアンナから放たれた。

ローラは辛うじてそれを防御する。

剣は無事だ。骨にヒビが入ったりもしていない。

が、踏ん張りが効かなかった。

小さくて軽い九歳の体は、蹴《け》られたボールのように空高く舞い上がる。

そのまま放物線を描き、校舎へと突っ込んだ。

「ぎゃあああああああ！」

最悪なことに、そこは職員室だった。

(あ、でも男子トイレよりはマシかも)

なんて考えながら、ローラは職員室のガラス窓を粉々《こなごな》に砕《くだ》く。

※

魔法学科一年の担任エミリア・アクランドは、職員室で考えごとをしていた。

失踪《しっそう》したシャーロットのことだ。

彼女が寮から消えたことは両親に伝えたし、衛兵にも探してもらっている。

これ以上エミリアにできることはなかった。

しかし心配しているローラが哀《あわ》れだし、エミリアとしても自分の生徒の所在が摑《つか》めないというのは落ち着かない。

(急ぎの仕事もないし、やっぱり私も探しに行こうかしら)

などと考えていた、そのとき。

窓の外から激しい金属音が聞こえてきた。

「おいおい、誰か戦ってんのか?」

「まったく。訓練場と闘技場以外で戦うなって校則に書いてるだろうに」

「職員室の目の前でいい度胸だ。教師を舐《な》めてやがる」

戦士学科の教師たちが一斉に立ち上がった。

この王立ギルドレア冒険者学園の教師は、例外なく元冒険者だ。

つねに危険に身を置いてきた人種ゆえ、一般人に比べてガラの悪い者が多い。

(特に戦士学科の先生は何というか……沸点低いのよねぇ)

校則違反をする生徒が悪いに決まっているのだが、少し同情してしまう。

あんな人相の悪い男たちに囲まれたら、十代のころのエミリアなら泣き出したかもしれない。

「ぎゃああああああ！」

少女の悲鳴が近づいてきた。

はて、どこかで聞いたような声だ。

（いや、これってローラさんの声⁉）

ガシャーン、と盛大な音とともに小さな少女がガラスを突き破って職員室に入ってきた。

少女は机や椅子《いす》を薙ぎ倒し、書類をぶちまけ、鉄のロッカーに突っ込んでようやく止まる。

間違いない。エミリアの受け持つ生徒、ローラだ。

「敵襲かァッ⁉」

とある教師が叫んだ。

砲撃とさほど変わらない勢いのローラを敵襲と誤認した彼を責めることはできない。

エミリアとて、事前にローラの声だと認識していなければ同じことを思っていただろう。

少なくとも、窓の外で戦っていた生徒だなんて想像もしなかったはずだ。

「魔法使いは防御魔法を展開しろ！　いつでも回復魔法を使えるよう準備だ！」

「どこのどいつだッ！　大賢者のギルドレア冒険者学園に上等くれて生きて帰れると思うなよタコが！」

「半殺しじゃなくて全殺しだ！　誰にケンカ売ったか教育してやるッッッ！」

教師全員、顔が冒険者だった頃に戻っている。

ここの教師はAランクやBランクの強者揃《つわものぞろ》い。

そんな人たちが殺気を剝《む》き出しにして臨戦態勢になっていた。

もうすっかり大人になったエミリアですら泣きそうだった。

「あ、あの先生方。これは敵襲じゃなくて、その……生徒がしでかしたことみたいです……」

「あん？　エミリア先生。何を言ってるんですか。いくらうちの生徒でも、職員室にカチコミする度胸がある奴《やつ》なんか……」

そう言いかけた教師は、床で伸びているローラを見つめた。

そして、ああこいつか、という顔になった。

「エミリア先生！　生徒の教育はちゃんとしてくださいよ。こんなの前代未聞だ！」

戦士学科一年の担任が説教をしてくる。

「ですが……もう一人は戦士学科の生徒ですよ、ほら」

「え？」

割れた窓から外を見ると、こちらを覗《のぞ》き込むアンナの姿があった。

「ア、アンナてめぇコラ待てやァァァァァッ！」

「タスケテ、タスケテ……」

アンナは全力で逃げていく。

無理もない。

この職員室は恐ろしすぎる。子育て中のドラゴンの巣よりなお危険である。

とはいえ、逃走に成功したとしても、犯人だとバレているのだ。

今ここで怒られるか、あとでもっと怒られるかの違いでしかない。

「いたたた……」

ローラは呑気《のんき》な声を出し起き上がる。

自分がどういう状況にいるか分からないようだ。

だが職員室の教師全員から睨《にら》まれていると数瞬後に気付き、サァァと青ざめていく。

「あの、えっと、その……」

「おいローラ・エドモンズ。お前、小さいくせにいい度胸してるなぁオイ」

駄目だ。教師は皆、自分たちが教育者だという自覚を失っている。

パーティーの面子《めんつ》を潰《つぶ》された冒険者みたいになっている。

流石《さすが》に生徒を殺しはしないだろうが、半殺しくらいにはするかもしれない。

そうなるとローラも抵抗するはずだ。

王立ギルドレア冒険者学園の教師たちVSローラ・エドモンズ。

勃発《ぼっぱつ》したら地図から学校が消えてしまう。

いや、最悪、王都の形が変わる。

エミリアが率先して罰を与えることで、何とかこの場を乗り切ろう。

「ローラさん、あなた何てことしたの！　今度ばかりは許しませんからね！」

「エミリア先生、許してください、まさかこんなことになるとは思ってなかったんです！　あああああ痛いです痛いですごめんなさぁぁい！」

こうして何とか、お尻《しり》ペンペンと職員室の掃除、それから反省文十枚でお茶を濁すことに成功した。

しかし、逃げていったアンナの運命はどうなるのだろう。

別の学科なので、エミリアには庇《かば》ってあげることができない。

せめて半殺しか……七割殺しくらいで許してもらえますように、と祈る。


そして次の日。学校で目撃したアンナの頭の上には、大きな大きなタンコブがあった。

これくらいで済んでよかった、とエミリアは胸をなで下ろした。

※

校内トーナメントは各学年ごとに行われる。

三学年全《すべ》てを同じ日に行うことは無理なので、三日かけてスケジュールをこなす。

場所は学園の敷地内にある円形の闘技場だ。

そして、明日はいよいよトーナメントの初日。

最強の一年生を決める日だ。

「はい、皆さん。これが明日の予選のブロック表よ。戦士学科も魔法学科もごちゃ混ぜのバトルロイヤルだから。勝ち抜くコツは攻撃より防御。負けないように立ち回るのよ」

魔法学科一年の教室で、エミリアが黒板に大きな紙を貼《は》りだした。

一年生は二つの学科を合わせて八十二人だ。

それが八つのブロックに分けられ、バトルロイヤルを行う。

勝ち抜いた八人だけが、本戦であるトーナメントに出場できる。

「……あれ？　エミリア先生。私の名前がありませんよ！」

ローラはブロック表をまじまじと見たが、どこにも自分の名前がない。

生徒の人数も八十一人しかいないことになっている。

「ローラさんは、シード枠なの。あなたはトーナメントの決勝だけ戦えばいいから」

「えええええ!?　なぜですかー、なぜですかー！　私も皆《みんな》と戦いたいです！」

「我慢してちょうだい。ローラさんが普通に出場したら、本来なら上位まで行けるはずの生徒がドンドン脱落していくことになっちゃうんだもの……」

エミリアが申し訳なさそうに言うと、クラスメイトたちが一斉に頷《うなず》き始めた。

「ローラちゃん。我慢してね。あなたと決勝まで当たらないってだけで、安心感が違うから」

「そうだぞ。これで俺《おれ》らにもチャンスが出てきたぜ」

「まあ、決勝戦とかは無理でも、本戦出場くらいなら望みあるからな」

クラスメイトは一致団結していた。

ローラは「ぐぬぬ」と呻《うめ》くが、皆の言い分も分かる。

事実、ローラは負けてやるつもりなど微塵《みじん》もなかった。

「分かりました……シード枠でいいです。ところでシャーロットさんはどうするんですか？　今日も来ていませんが。明日も来なかったら……」

「シャーロットさんは第八ブロック。そのバトルロイヤルが始まるまでに来なかったら失格よ」

「そんな……」

シャーロットが失踪してから半月。

所在はいまだ不明。

学内では死亡説すら囁《ささや》かれている。

無論ローラは、シャーロットが死んだなどと思っていない。

明日のトーナメントのために秘密の修行をしているだけだ。

しかし、いくら修行しても、間に合わないのでは意味がない。

「大丈夫よ、ローラさん。シャーロットさんは来るわよ、きっと。あの子ほど勝利に貪欲《どんよく》な子はいないから……」

「……そうですね」

エミリアはシャーロットを信じているようだ。

ローラだって信じている。

時間ギリギリまで己を鍛《きた》えて、ローラがビックリするくらい強くなって現れる。

そうでなければ、許さない。

これだけ心配をかけておきながら間に合わないなんて、そんなのシャーロット・ガザードに相応《ふさわ》しくない。

入学初日にシャーロットが見せてくれた光の攻撃魔法。

あれこそローラが人生で初めて、魔法を格好いいと思ってしまった瞬間なのだ。

あの輝きをもう一度。

今度は戦いの場で――。

※

ギルドレア冒険者学園の闘技場はそこそこ大規模なものなので、客席に全校生徒を入れてもかなりの余裕がある。

よって校内トーナメントのときは一般開放され、暇な市民や、生徒の父兄なども見に来る。

ここでよい成績を残せば、卒業後に有力パーティーからスカウトが来るということも有り得るので、三年生は必死だ。

もっとも、入学したばかりの一年生は、ただのお祭り気分である。

「うわぁ……こんなに人が来るものなんですねぇ」

リングの周りで待機していたローラは、客席を見上げ感心する。

「千人くらい入ってるかも」

アンナも驚いた様子だ。

こんな大人数の前で試合をするのかと思うと、緊張してしまう。

それにしても世の中、意外と暇な人が多いようだ。

まあ、入場は無料だし、教師たちが防御結界で客席を守っているから危険もない。

一般人が普段見ることのできない剣技や魔法の数々が眼前で繰り広げられるわけだから、娯楽としては上等の部類だろう。

「ところで、シャーロットは結局来なかったの？」

「はい……第八ブロックだから、まだ時間がありますが……」

当日の朝には流石に帰ってくるだろうとタカをくっていたのに、今にいたるもシャーロットは姿を見せない。

本当に、どうするつもりなのだろう。

ローラがそわそわしているうちに、第一ブロックのバトルロイヤルが始まってしまった。

十人の生徒がリングに上がり、剣や槍《やり》、弓矢や魔法を打ち合って最後の一人になるまで戦う。

学生同士、実力にそこまでの差はない。

しかも乱戦ゆえに勝負の流れは目まぐるしく変わる。

かなり時間がかかりそうだ――そうローラが思った次の瞬間、一気に均衡《きんこう》が崩れ、斧《おの》使いの男子だけが残った。

魔法使いがヤケクソ気味に使った大規模な爆発魔法で他《ほか》の生徒が吹っ飛んだのに、彼だけは火傷《やけど》を負いながらもリングに立っていたのだ。

「皆もっと時間をかけて戦ってくださいよぉ……というかシャーロットさん早く来て！」

いっそ変装してシャーロットの代わりに出場しようかとすら考えるローラだが、誰がどう見ても身長が足りないので諦《あきら》めるしかなかった。

※

校内トーナメントの期間中、闘技場の客席は誰でも入ることができる。

ならば自分の子供がどのくらい成長したのか見るため、家族が見に来るのは当然の流れだ。

この日のため、王都の外からわざわざやってくる者もいる。

ドーラ・エドモンズもその一人だった。

本当は夫であるブルーノも一緒に来たがっていたのだが、町の近くにモンスターが湧《わ》いたせいで急遽《きゅうきょ》キャンセルになってしまった。

泣くほど残念がっていたが、仕方がない。

夫の分まで、しっかり娘を応援しよう。

「それにしてもローラはいつ出てくるのかしら。どのくらい強くなったか楽しみだわぁ」

ローラは父親に散々鍛えられてから入学した。

同学年の生徒では勝負にならないかもしれない。

きっと楽勝で優勝するだろう。

なんて親馬鹿《ばか》な思考をしながら、ドーラはリング上のバトルロイヤルを見る。

ドーラは娘が戦士学科で剣を学んでいると信じ切っていた。

なにせ自分たちの娘なのだ。

圧倒的強さで学年トップになり、上級生すら脅《おびや》かしていると確信していた。

魔法適性値オール999を弾《はじ》きだし、魔法学科に入って、上級生どころか教師すら倒している
など、想像の外側の世界だった。

※

「はっくちゅん！」

風邪《かぜ》を引いたわけでもないのにローラは大きなくしゃみをした。

「なに、その可愛《かわい》いくしゃみ」

「ふぇ……誰かが私の噂《うわさ》をしているのでしょうか？」

「ローラは有名人だから、ありうる」

「私、注目を浴びるのは苦手なのですが……」

「え……衝撃の事実……！」

アンナは目を見開き丸くしている。

何がどう衝撃の事実なのか。

これでもローラは自重《じちょう》して日々を送っているのだ。

「次は第七ブロック。私の番。できるだけ長引かせる」

「お願いしますアンナさん！　頑張ってください！」

アンナはグッと親指を立てリングに上がる。

第七ブロックが終われば、シャーロットの出番だ。

それまでに彼女が現れなければ、即失格。

頼むから間に合ってくれとローラは祈った。

※

第七ブロックはアンナを含めて剣士が三人。槍使いが一人。斧使いが一人。魔法使いが五人だった。

この十人の中から本戦に進めるのは一人だけ。

そして十人の中で一番強いのは自分だ、とアンナは結論づけた。

一対一の戦いなら確実に自分が勝つ。

とはいえ、これはバトルロイヤル。

混戦になれば何が起きるか分からない。

現に、始まる前から不穏な気配が漂っていた。

なぜか、全員の視線がアンナに集中しているのだ。

（これってもしかして……）

狙《ねら》われている。

アンナは予感し、試合開始の合図と同時に確信した。

戦士学科の四人が一斉にアンナに襲いかかった。魔法学科の五人は彼らに対し強化魔法をかけている。

一番強いアンナを脱落させてから改めてバトルロイヤルをしようと、試合開始前に示し合わせたに違いない。

しかし彼らは、視線でそれを教えてくれた。

その間抜けさに感謝しつつ、アンナは真《ま》っ直《す》ぐ走り、正面の槍使いに襲いかかる。

「なにっ！」

バトルロイヤルで全員が自分の敵になるという状況にアンナは狼狽《うろた》える——相手はそう思っていたのだろうが、残念ながら事前に覚悟ができていた。

よって逆に向こう側が狼狽えてしまう。

パニックになっている槍使いの槍を剣で弾き、当て身を喰《く》らわせ場外へ吹っ飛ばす。

これでアンナは包囲網の外に出た。

即座に踵《きびす》を返し、斧使いの頭部に跳び蹴り。一撃で昏倒《こんとう》させた。

「くっ、流石はアンナだ！　しかし、まだ七対一だぞ！」

剣士二人がアンナの左右から同時に斬りかかってきた。

だがそれは、いつも戦っているローラの動きに比べればアクビが出るほど遅い。
一本の剣で二本の剣を余裕で跳ね返す。
とはいえ、一瞬アンナの脚が止まってしまった。
その一瞬を狙って、魔法使い五人が同時に炎魔法を発射する。
明らかに剣士二人を巻き込むつもりだ。
どうやら共闘は、魔法使いの中で無効になったらしい。
アンナは哀れな剣士たちの体勢を足払いで崩し、自分と炎魔法の直線上に置く。
放たれた五つの火の玉は、リングの上や剣士に着弾。
紅蓮《ぐれん》の火柱を上げる。
火達磨《ひだるま》になった剣士たちは悲鳴を上げてリングの外へと走って行く。
すると即座に教師たちが水魔法で消火し、更《さら》に回復魔法をかけた。
その様子を尻目に、アンナはジグザグに走り、魔法使いに突っ込んでいく。
「は、速い！」
魔法使いはそう叫ぶので精一杯だった。
狙いをつけるどころか、目で追うことすらできていない。
アンナは筋力強化の魔法を全力で使用。
両手で持つ大剣をフルスイング。
剣の背で魔法使い五人のうち四人を一気に薙ぎ倒した。

彼らは宙を舞い、客席まで飛んでいく。

しかし客席の前には、教師が張った防御結界が見えない壁となって存在している。

魔法使いたちは、その見えない壁に激突し、跳ね返って地面に落下する。

骨が何本も折れているだろうし、もしかしたら内臓も損傷しているかもしれない。

が、ギルドレア冒険者学園の教師は優秀なので、後遺症が残らないように回復してくれるはずだ。

さて、残るは一人。

(こいつの攻撃をひたすら回避して、シャーロットが帰ってくるまで時間稼ぎをすれば……)

そうアンナが考えていると。

「ま、参った!」

「え？」

アンナと一対一になった相手は青ざめ、自ら負けを認めて場外に降りていった。

「勝者、戦士学科アンナ・アーネット！」

魔法で拡声されたアナウンスが闘技場に流れる。

わーっと歓声が上がった。

観客たちがアンナの戦いを褒《ほ》めている。

「……こんなはずでは」

試合を長引かせるとローラに約束したのに。

相手に思ったよりも根性がなく、一瞬で終わってしまった。

アンナは申し訳なくて、うつむいてリングを降りた。

しかしローラは笑顔で抱きついてきた。

「アンナさん凄《すご》いです！　まさか九体一の状況に追い込まれても逆転しちゃうなんて！」

「ど、どういたしまして……けれどシャーロットはまだ……」

残念ながら、試合時間を引き延ばすほどの余裕はなかった。

もう猶予《ゆうよ》はない。

だというのに、あの螺旋《らせん》金髪お嬢様の姿はどこにも見当たらない。

「残念です……」

ローラは我が事のように呟《つぶや》く。

そして第八ブロックの生徒たちを呼ぶアナウンスが流れた。

待ってましたといわんばかりの顔で、生徒たちがリングに上がっていく。

第八ブロックは十一人だ。

しかし十人しかいない。

「シャーロットさん。シャーロット・ガザードさん。あと十秒以内にリングに上がらなければ失格です」

無慈悲なカウントダウンが始まった。

今ここにいない人間が、十秒でリングに上がれるはずがない。

「三、二、一……」

そして失格、が確定する刹那《せつな》。

「お待たせしましたわ！」

空から人間が降ってきた。

金色の髪をなびかせ、突風を巻き起こし、闘技場にいる者全員を唖然《あぜん》とさせながら、最後の一人がリングの中央に舞い降りた。

（飛んできた……？）

そうとしか思えない。

だが、飛行魔法は特殊《とくしゅ》魔法の中でも高等技術だ。その程度、戦士学科のアンナでも知っている。それこそ、ギルドレア学園の教師になれるようなレベルの魔法使いでなければ、使用できないと聞いている。

「……ローラは前に飛行魔法を使って失敗したけど、今なら飛べる？」

「いいえ……自信ないです……」

絶対に間に合わないと思われたタイミングで、最高に派手な登場の仕方をしたシャーロット。

リングの上で不敵に笑う彼女を見ていると、今まで心配してやったのがバカらしくなってくる。

そしてバトルロイヤルが始まる。

無論のこと、シャーロットの圧勝だった。

※

八つのブロック全ての予選が終了し、敗退した生徒は医務室か客席へと移動した。

そして残った八人とシード枠のローラはリングの近くに残る。

「シャーロットさん、シャーロットさん！」

半月振りに再会したルームメイトに、ローラは抱きついた。

「あら、ローラさん。随分とご機嫌ですのね」

「だって、だって。シャーロットさんが予選に間に合ったから！　もう、今までどこにいたんですか？　とっても心配したんですから」

「ごめんなさい。山ごもりならぬ、穴ごもりを少々していましたの」

「シャーロットさんらしいです！」

そんなことだろうと思ってはいたのだが、本人の口から聞くと改めて呆《あき》れてしまう。

きっと、食事と睡眠の時間を除けば、ひたすら修行をしていたに違いない。

「シャーロット、予選通過おめでとう」

「アンナさん。ありがとうございます。すると今のが予選だったのですわね。到着したらいきなり戦いが始まって、何事かと思いましたわ」

シャーロットの言葉に、ローラとアンナは顔を見合わせる。

そうだ。シャーロットは今までいなかったから、ブロック表どころか予選のルールすら知らないのだ。

「シャーロットさん！　駄目ですよ、せめて前日には帰ってこなきゃ。あと一秒でも遅刻したら失格になるところだったんですから！」

「え、そうでしたの⁉」

ローラとアンナは、今日のルールを簡単に説明した。

「なるほど……つまり、残った八人でトーナメントを行い、勝ち抜いた者だけがローラさんと戦える。分かりやすくていいですわ」

「言っておくけど、決勝に出てローラと戦うのは私」

アンナは目を細めてシャーロットを睨み付けた。

決して仲の悪い二人ではないが、こと戦いとなれば、どちらも譲らない性格だ。

実際の戦いが始まる前から盤外戦が勃発だ。

ローラは冷や冷やしながら見守る。

しかし意外にもシャーロットは挑発に乗らず、穏やかに微笑《ほほえ》んでアンナを見た。

とてつもない余裕がそこにあった。

「うっ」

アンナは唸って、半歩後ずさる。

「申し訳ありませんがアンナさん。今のわたくしは、ローラさんを倒すことしか考えていませんの。これは思い上がりでしょうか？」

そしてシャーロットの視線はローラを向いた。

ゾクリと、鳥肌が立った。

彼女は確かにシャーロット・ガザードなのに、何か違う生き物に見えた。

「……シャーロットさん。一体どんな修行をしてきたんですか」

「それは秘密ですわ。けれど、この半月、我ながら頑張ったという自負があります」

頑張った、という言葉はどう考えても謙遜《けんそん》が過ぎるだろう。

きっと想像を絶するようなことをしてきたに違いない。

そうでなければ半月でここまで気配そのものが変わったりはしない。

「楽しみです。けど、アンナさんだって強くなりましたよ」

「でしょうね。けれど、勝つのは私ですわ」

虚勢を張るでもなく、威圧するでもなく。

当たり前のことを当たり前に。そう、天気の話でもするように彼女は言った。

「……勝負はやってみるまで分からない」

アンナは絞り出すように呟く。

しかし格の違いは端から見ているだけで明らかだ。

かつてはここまでの差はなかったのに。

アンナには悪いが今日のトーナメント、おそらく一切《いっさい》荒れない。

ひたすら順当にシャーロットが勝ち抜いてローラと当たる。

そうでなければならない。

シャーロットがローラを倒すことしか考えていないように、ローラもまた、シャーロットを迎え撃つことしか考えられなくなってしまった。

※

ローラ・エドモンズは決勝からのみ参加するという、極端なシード枠。

そのせいで本来二回あるべき準決勝は、たった一つだけだった。

アンナは準決勝まで勝ち上がった。

そしてぶつかった相手は当然、シャーロットである。

お互い、相手を数秒で倒してきた。

よってトーナメントは驚くほど素早く進んでいる。

そしてどちらも本気を一切出していない。

特にシャーロットは、光の矢をぶつけたり、突風で相手を場外にしたりと、基礎的な魔法だけで戦っている。

しかし、山ごもりまでして身につけた技が、そんな単純であるはずがない。

そもそも、闘技場に現れたとき空を飛んでいた。

あれを試合でやられたら、文字通り手も足も出ない。

「考えてみたら、アンナさんと戦うのは初めてですわね」

リングの上で顔を合わせたシャーロットは、相変わらず余裕の笑み。

せめてこれを崩してやりたいとアンナは考える。

「それはシャーロットがいつも一人で修行してるから」

「なるほど確かに。ではいい機会なので、一流剣士の太刀筋《たちすじ》というものを見せてくださいな。今日戦った他の剣士は、歯ごたえがなさすぎました」

「私は歯ごたえありすぎて、歯が折れるかも」

「まあ、それは楽しみですわ」

試合開始を告げるタイコが叩かれた。

アンナはシャーロットの出方を待つ――ような真似《まね》はしない。

そもそも魔法使い相手に戦士が距離を取るのは不利だ。

その身体能力にものをいわせて距離を詰め、攻めて攻めて攻めまくって、魔法発動の暇を与えない。

それが対魔法使いの基本だと授業でも習った。

だが、今のシャーロットには通じない。

「意外と速いのですわね。驚きましたわ。本当はカウンターを決めて一瞬で終わらせようとしたのですが」

剣を素手《すで》で止められた。それも片手で。

おそらく防御魔法で手の平を覆い、筋力強化魔法で斬撃《ざんげき》の重さを受け止めたのだ。

だが、二つの魔法を発動するのは集中力を使うはず。

アンナは試合開始と同時に突っ込んだのだ。

集中する暇など与えたつもりはない。

いや、むしろ剣筋を見切られたというのがショックだ。

今までは教師とローラ以外、誰もついてくることができなかったのに。

「アンナさん。戦いの最中に呆《ほう》けていてはいけませんわよ?」

「っ⁉」

シャーロットは空いている手を、こちらの腹に添えた。

アンナは反射的に、とぼしい魔力を筋力強化魔法から防御魔法へと切り替え、腹を守る。

それを待っていたかのように、爆発。

内臓がひっくり返るような衝撃で後方に吹っ飛ばされる。

前後左右も分からなくなりそうな状況の中、それでもアンナは辛うじて剣を放さなかった。

そして地面——と思われる方向——に刃を突き立て、何とか止まる。

足を降ろすと、そこはリングの端だった。

あとわずかで場外。

ギリギリ助かったと冷や汗をかく。

が、どうやらあまり助かったとは言いがたいようだ。

口の奥から熱いものが込み上げてくる。

その場にうずくまり、ゴボッと血を吐いた。

「流石はアンナさん。今のでリングアウトだと思っていましたが、本当にお強いのですね。どうします？　続けますか？」

シャーロットは試合開始から一歩も動かずにアンナを圧倒している。

この時点で実力差はいやというほど分かった。

しかし、まだ手足は動く。

勝負は最後まで分からない。

「……一つ質問。あなたは闘技場に来るとき空を飛んできた。なのに試合中に飛ばないのはなぜ？　舐《な》めてるの？」

「はい。舐めています。だって飛ばなくても勝てますから」

びっくりするほど正直に言われてしまった。

もっとも彼女にはこちらを舐める資格がある。それだけの実力がある。

その自信につけ込めば、あるいは。

「ああ、しかし、これ以上試合を長引かせないでください。わたくしはローラさんと戦わねばならないのですから。今から少し攻撃を強くいたしましょう。アンナさんはそれでも続行の意志を崩しませんか？　続けるというのであれば、もう数秒だけ付き合ってあげますが」

シャーロットは笑う。

嘲笑《ちょうしょう》ではなく、むしろ慈悲深い微笑みだった。

そして歌った。

歌うように詠唱した。
「雷の精霊よ。我が魔力を捧げる。契約のもと顕現《けんげん》せよ――」
バチッと弾ける音がして、リングの上に青白い光が走った。
稲妻《いなづま》がシャーロットの体から伸びている。
それは眩《まばゆ》く輝き、闘技場の上空で人の形を形成し、こちらを見下ろした。
雷の精霊である。
客席から響《どよ》めきがあがる。
学外から来た人たちの中には、腰を抜かしている人もいるかもしれない。
なにせデカイ。
闘技場全てを覆い尽《つ》くすほどの大きさだ。
かつてローラがエミリアと戦ったときに召喚《しょうかん》したものより、なお大きいかもしれない。
「返答や如何《いか》に？」
最後通告だと言わんばかりにシャーロットは小首を傾《かし》げて問いかけてきた。
「……降参」
自分は対戦相手に気遣われている。
その事実を突きつけられて、心がポキリと折れた。
はなから勝負として成立していなかったのだ。
この半月、シャーロットは何をやっていたのだ。

修行や特訓なんて生やさしいことでこの域には到らないはずだ。

「不思議なことは何もありませんわよ、アンナさん」

こちらの心を見透かすようにシャーロットは語った。

「このシャーロット・ガザードとあなたたちでは、努力という言葉の定義が違うだけですわ。半月努力をした。そう、わたくしは努力をしたのです。それ以外は何にもしていない。ただそれだけのことです」

※

決勝戦、である。

本来なら観客のテンションは最高潮に達し、闘技場は歓声で包まれているはずだった。

しかし準決勝のシャーロットが凄《すさ》まじすぎて、シーンと静まりかえっている。

耳が痛くなるほどに。

そんな闘技場の中に、二つの足音だけが響いていた。

ローラとシャーロットの足音だ。

二人はリングの中央で立ち止まり、互いを見つめ合う。

「とりあえずシャーロットさん。決勝進出おめでとうございます」

「ありがとうございます。これでようやくローラさんと戦えるのですね」

「はい。それにしてもシャーロットさんは本当に凄いです。ここまで誰にも大ケガさせることなく来ました。圧倒的な力の差です。アンナさんの心を折った手腕も見事でした。一瞬で勝負を決めちゃいましたね」

「勝つためには盤外戦術も必要ですわ。けれどもローラさん。あなたに心理戦は仕掛けません。意味があるとも思いません。わたくしはローラさんと真《ま》っ向《こう》勝負がしたいですわ。空の飛び方は覚えましたか？」

「ええ。何とか大丈夫そうです」

そう呟いて、ローラはわずかに体を浮かせてみせる。

前に飛行魔法を試したときは加減が分からず、天井《てんじょう》に頭をぶつけてしまった。

しかしその失敗と、シャーロットが飛んできたのを参考に、修正を加えたのだ。

「結構ですわ。では始めましょう。力と力をぶつけ合いましょう」

シャーロットは待ちきれないといった様子だった。

なんて〝勝利〟に貪欲な人なんだろうとローラは思う。

格下相手には奇襲もするし心理戦もやる。手っ取り早く勝つためだ。

しかし格上に挑むときは、相手が十全《じゅうぜん》に力を出せる状態にしてから戦う。

セオリーとは真逆の発想。

だがシャーロットにとって勝利とはそういうものなのだろう。

待ち望んだ勝利の純度を曇らせないため、シャーロットはあえてローラの前で飛行魔法を使ったのだ。

そんなにもシャーロットはローラに勝ちたいのだ。

「ねえ、シャーロットさん。私はあなたを友達だと思っていました。毎晩一緒に寝るのが楽しかったです。けれどシャーロットさんは、何を思って私と一緒にいたんですか？」

戦う前に、それだけはどうしても知っておきたかった。

するとシャーロットは、心底意外そうに瞬《またた》きし、「決まっているでしょう」と笑みを作る。

「ローラさんは大切なお友達ですわ。わたくしはあなたが大好きです。そして同時に倒すべきライバル。そこに何の矛盾がありましょうか」

「そうですか……安心しました。あんまりにもシャーロットさんが強くなりすぎていて、私、もしかして嫌われているのかと思っちゃいました」

本当に。

シャーロットは強くなった。ローラが恐れを抱くくらいに。

百倍近い適性値を埋めてくるような努力は、人間のやることじゃない。

けれど。

シャーロットの声はとても穏やかで。

同時に隙《すき》がない。

純粋に戦って勝ちたいだけなのだと、ようやく理解した。

「わたくしがローラさんを嫌いになるとしたら、それは」

手加減をしたとき。わざと負けたとき。

「分かっています。私だって冒険者の子供です。手加減なんてしません。シャーロットさんの半月を無駄にはしません。全力で叩き潰します。絶対に勝つのは私です」

「いいえ、勝つのはわたくしですわ!」

係の教師は、試合開始の合図を忘れていた。

そしてローラもシャーロットもそんなものを気にしていなかった。

始めるのは二人の意志だ。


「いざ」

「尋常に」


「――勝負――」


まずは小手調べ。

手の平に魔力を集中させてぶっ放すだけの光の矢。

互いに同じ技を使用して、衝突して――。

瞬間、半世紀にわたって生徒たちの血と汗を吸ってきた闘技場のリングが、この地上から完全に消滅した。

ゆえに、リングアウトという萎《な》える結末も自動的に消える。

土砂が巻き上がり、リングの破片が飛び散り、客席を守る防御結界に当たって跳ね返る。

この時点ですでに闘技場から逃げ出す観客が多数いた。

だが当然、ローラもシャーロットも頓着《とんちゃく》しない。

そもそも相手のことしか見えていない。

炎に水に雷に風に光。

宣言通り、ぶつけ合って防御し合う。

ローラは魔力を加減していない。

なのにシャーロットは二本の足で立っている。

そのことに感謝。

入学して初めて〝敵〟に出会えた。ありがとう。よくぞここまで鍛えた。

その闘争心がこの上なく嬉《うれ》しい。

全ては自分《ローラ》を倒すための研鑽《けんさん》なのだ。

シャーロット・ガザードという好敵手が同学年にいた幸運を天に感謝する。

(大好きです。あなたは本当に素敵です)

ゆえに全身全霊で。一切の慈悲なく完膚《かんぷ》無きまで打ち負かす。

シャーロットがそれを望んでいるのだ。

全力で勝とうとするローラを真っ向から倒すことが目的なのだ。

「私の全力――つまり剣も使います。構いませんね！」

「ええ、もちろん！　ローラさんの全てを見せてくださいな！」

抜剣して刀身を強化。

強化、強化、強化、徹底的に強化。

伝説の超金属オリハルコンと打ち合っても勝てると自負できる領域まで強化し、シャーロットに振り下ろす。

無論のことローラの身のこなしは超音速。剣先は更に速い。

発生した衝撃波だけで軽く十数人は殺せそうだ。

そんな斬撃にシャーロットは手の平を重ねる。

「まさかこんなものが、わたくしに届くとでも？」

シャーロットの魔力が高温を発生させ、ローラの剣をドロドロに溶かしてしまう。

驚きだ。まさか強化した剣を破壊されるとは思わなかった。

しかし斬撃を防がれるところまでは予測している。

よって次の攻撃。

闘技場上空に巨大な雷の精霊を召喚。

自分ごとシャーロットを踏みつぶすように命令。

「そう来ましたか――ならば！」

地面が盛り上がった。

リングの破片と土が混じり合って巨人の姿になっていく。

シャーロットが闘技場の地面で大きな像を作り、土の精霊を憑依《ひょうい》させたのだ。

土の精霊は巨腕を振り上げる。

狙いはもちろん雷の精霊だ。

土がアースの役目を果たし、電撃からシャーロットを守る。

しかし超高熱に晒《さら》され、土の一部がガラス化してしまう。

そのまま二匹の精霊は激しく戦い、雷は大気中に四散し、土はガラスになって砕け散った。

そして精霊が戦っている間も、ローラとシャーロットは変わらず魔力をぶつけ合っていた。

「たった半月で、どうしたらこんなに強くなれるんですか。後学のために教えてください」

「ですから、ただ努力しただけですわ」

「ただ努力しただけ……すると睡眠は？」

「していませんわ」

「食事は？」

「山ごもりする前と、今日ここに来る前に一度ずつ」

どうにかしている。

完全に人間のやることじゃない。

「ローラさんに……適性値９９９に追いつくとはそういうことなのです。わたくしは追いつけましたか？　肩を並べましたか？　前に出ることができましたか？　わたくしにはまだローラさんが分からないのです。本気を、本気を出してください！」

「ちゃんと本気ですよシャーロットさん。けれど、そうですね。あなたと一緒なら、私はもっともっと遠くへ行けるような気がします。こんな狭いところじゃなくて……一先《ひとま》ず、飛びましょうか！」

舞台は闘技場を離れて王都上空へと。

もはやギルドレア冒険者学園の行事でもなんでもなかった。

決戦だ。

友達同士だから。

楽しむために。

本気で。

誰にも気兼《きが》ねなく。

空高くへ。

二人っきりの世界へ――。

※

「論ずるまでもなく中止にすべきでしょう」

すでに消滅したリング。逃げ出した観客と生徒。

戦っていた二人も空を飛んでいった。

校内トーナメントはその体《てい》を成していない。

ゆえにリングの跡地に集まった教師たちは満場一致で『中止』の判断を下す。

それはつまり、教師たちが徒党を組んでローラとシャーロットの決戦に乱入し、力尽くで止めるということ。

それしかないのだ。

もう一人や二人の教師では、彼女らには勝てない。

(ローラさんだけでなく、シャーロットさんにも追い抜かれた)

エミリアは空を見上げて唇を噛《か》み締める。

視線の先では無数の爆発が連鎖していた。

少女二人の魔力がぶつかり、王都全体の大気を揺らしている。

いっそ一人で空に殴り込んで、混ざりたい。

なのに自分にはその実力がない。

何をどうしたら届くのかも分からない。

もうこれ以上、生徒を先に行かせるわけには――。

「やめなさいよ、みっともない」

凛《りん》とした女性の声が風のように流れた。

それだけでギルドレア冒険者学園の教師全員が姿勢を正す。

声の主は、白銀色の髪を揺らす女性。

〝麗《うるわ》しき大賢者〟の二つ名を持つ人類史上最強の魔法使い。

この学園の学長。

カルロッテ・ギルドレアその人である。

「可愛い生徒が一生懸命頑張って強くなって、それを存分に発揮しているのを教師がよってたかって邪魔をする？　どうして？　若者の才能を伸ばすというこの学園の理念はどこへ消えてしまったのかしら？」

「ですが学長！　このままでは王都そのものが！」

エミリアは抗議する。

至極当然の主張だろう。

むしろ大賢者が何を言っているのか分からない。

教師たちは大賢者に詰め寄ろうとした。

そのときである。

大賢者以外の全員の顔に、緊張ではなく、恐怖が走った。

足が動かないのだ。

筋力強化魔法をかけて全力をだしても、ピクリとも動かない。

「あなたたちの動きは私が封じたわ。気付きもしなかったの？　情けない。校内トーナメントが終わったら夏休み。教師全員、私が一から鍛え直してあげようかしら？」

大賢者の教えを受ける。

それは願ってもない幸運であるが、今問題にすべきはそこではない。

「学長……お願いします。このままでは本当に王都に被害が出てしまいます」

「王都は私の結界で包んだわ。邪神《じゃしん》の攻撃であってもガラス一枚割らせない」

「だとしても二人が無事では済みません！」

「首から上が残っていれば私が再生させる。さあ、もう疑問はないでしょ？」

疑問はいくらでもある。

生徒に試合ではなく死闘をさせていいのか、とか。

こんな騒ぎを起こして女王陛下《へいか》に何と言い訳するのか、とか。

このままでは教師の面子《めんつ》が立たない、とか。

（面子……？　待って、何よそれ）

エミリアは自分の思考に愕然《がくぜん》とした。

「あなたたちはね。空で戦ってる二人に嫉妬《しっと》してるだけなのよ。もう見てられないんでしょう？　けれど、良かったわね。嫉妬できて。あれは自分とは関係ない世界だからって強者から目を背ける腑《ふ》抜けがこの中にいなくて、私もホッとしているわ。あなたたち、まだ強くなれるわよ、おめでとう」

そして大賢者は空へ向かって宣言する。

「ローラちゃん、シャーロットちゃん。王都への被害は気にせず。怪我も頭部が残っていれば大丈夫。すべて私が何とかするわ。ゆえに存分にやりなさい。大賢者カルロッテ・ギルドレアの名において、あなたたちの決戦を許すわ」

もう大賢者に意見をする者はいなかった。

※

ローラはシャーロットと互角以上に飛び回っていた。

なんて忌々《いまいま》しい才能だろうか。

こちらは体を浮かすだけでも四日もかかったのに。

今日、見ただけで飛行魔法を成功させ、どんどん上手《うま》くなっていく。

既にシャーロットよりも複雑な動きをしている。

長期戦は不利だ。

早くしないと、またローラの背中が見えなくなってしまう。

だが、どうやって勝負を決めようか？

現状、シャーロットは何とか食らい付いているが、徐々に差が広がっていく。

ローラがこちらの攻撃を完璧《かんぺき》に防いでいるのに対し、シャーロットは防御結界に微細な穴を空けられ少しずつ削られていた。

致命傷こそ負っていないが、制服も肌もボロボロだ。

一瞬でいいから何とかローラの動きを止めて、アレを召喚さえすれば勝機があるのだが。

その一瞬を作り出せないからこそ負けている。

あれだけ努力したのに、やはり届かないのか。

シャーロットは半月にわたり、アビスの門に潜った。

それは霊獣が群れをなす空間。ガザード家のご先祖様が作り出した地獄だった。

その中でシャーロットは、殴られ踏まれ焼かれ喰《く》われ磨《す》り潰され溶かされ、その度に強制回復をされて、不眠不休で痛めつけられた。

霊獣たちは多彩な技を使っていた。

それを見て盗んで、逆に霊獣を倒す。

無謀《むぼう》な試練だ。考えたご先祖様はどうかしていたに違いない。

おかげで霊獣の包囲網から抜け出すのに手間取って、予選に遅れそうになった。

もっとも、それで強くなれたから、ご先祖様は正しかったということだろう。

問題なのは、強くなったのにローラに勝てないということだ。

シャーロットは絶望に沈みかけながら、それでも一縷《いちる》の望みをかけてローラと攻撃魔法を撃ち合う。

そのとき、女性の声が聞こえてきた。

それは大賢者カルロッテ・ギルドレアを名乗り、王都の安全と、こちらの生命を保障するようなことを言った。

なんともありがたい申し出だ。

しかしシャーロットは、言われるまで気にしていなかった。

王都のことも。そして自分の命も。

ただ勝てればいいという思考停止。

今日勝てるなら明日死んでもいい――。

「もうやめませんか、シャーロットさん」

不意に、攻撃が止まった。

王都上空を炎で包むほどの猛攻が、飽きてしまったかのように終わった。

「え？」

やめませんか、と、そう言ったのか？

なぜだ。まだ二人とも動けるのに。こちらは死ぬまで続けてもいいと思っているのに。

ローラにとってシャーロットはその程度だったということか。

もう戦うに値しない。これ以上続けても得るものがない。つまらない。

そう思われてしまったのか。

「出し惜《お》しみするのは、もうやめましょうよ」

ところが、ローラが続けてはなった言葉は、想像とは真逆だった。

「分かってるんですよ。なにか大技を狙ってるんでしょう？　シャーロットさんは顔に出やすいですからね。バレバレです。小技の応酬はここまでにして、本番しましょうよ。幸い、大賢者様が王都を守ってくれるみたいですし」

ローラは動きを止めていた。

空中に静止して、両腕を広げて誘っている。

「わたくしが大技を持っているとして……それを受け止めるつもりですか、ローラさん」

「はい。避けずに受け止めます。私、シャーロットさんには半端《はんぱ》な負け方して欲しくないです。あの技を出せていたら勝てたとか、こう立ち回っていたら勝てたとか、わだかまりを残して欲しくないです。だから遠慮せず、どうぞ。大丈夫です。私が勝ちますから」

そう語るローラの瞳に、慈悲や憐《あわ》れみはなかった。

あるのは期待の色。

シャーロットが半月で手に入れたものが何なのか早く見たいという好奇心。

バカだなぁ、と呆れてしまう。

戦いのさなかだというのに、ついため息がもれた。

誰に呆れたのだろう。ローラにか、自分にか。

ああ、きっと両方に。

「……分かりましたわ。これが全力です。受け止めてください。勝つのはわたくしです」

そして唱える。

アビスの奥底に眠る霊獣を呼び寄せる呪文《じゅもん》を。

「深淵《しんえん》に住まう獣よ。全てを喰らい尽くす者よ。我が魔力と血と肉を捧げる。ゆえに出《い》でよ。走れ疾《はし》れ、狩り尽くせ――」

黒い魔法陣が空に広がった。

そこから顔を見せるのは黒い毛並。紅《あか》い瞳《ひとみ》の狼《おおかみ》。

鋭い牙《きば》がシャーロットの右肩に突き刺さる。

皮膚と肉を引き裂いて、やがて骨まで達し、そして狼は右腕を捻《ひね》りきった。

「――ッ！」

流石に、痛い。涙が出た。

だが黒い狼はシャーロットの腕を美味《おい》しそうに食べている。

ゆえに契約は成立。

そのことに安堵《あんど》し、そして命令を発する。

「さあ、お征《ゆ》きなさい！」

魔法陣から狼の全身が飛び出した。

馬よりも象《ぞう》よりも大きなそれは、空中を四肢《しし》で蹴飛ばし、顎《あご》からシャーロットの血をしたたらせながらローラへと疾走《しっそう》した。

一歩ごとに空間そのものが振動する。

彼を支えるのは底なしの食欲だ。

相手の魔力が強ければ強いほど美味らしい。

決して満たされることのない飢えを満たすため、彼は強い魔法使いを見付け次第、捕食する。

自分を食べようと走る狼を見て、ローラは全身を覆う防御結界を強化した。

同時に迎撃の準備。

炎の弾と氷の槍と雷の剣を形成。それぞれ十本ずつ。一斉に狼へと叩き付けた。

爆発でローラと狼が包まれる。いたるところで放電現象が発生し、まるでこの世の終わりのような有様だ。

大賢者が王都を守っていなかったら、百人単位で死人が出ていたかもしれない。

そして爆発の炎が収まる前に、ローラの詠唱が聞こえてくる。

「穴蔵に住む畜生よ。汝《なんじ》に疾走の許可をくれてやる」

突風で炎と煙が晴れた。

その風を起こしたのは狼だった。

ただし、シャーロットが召喚した個体ではない。それはもう死んだ。

第一、シャーロットが呼んだのは一匹だけ。

なのに今、目の前に三匹もいる。

またしてもローラは見ただけで覚えたのだ。

ガザード家の霊獣である狼を、アビスの門から召喚する術。この一瞬で会得《えとく》したのだ。

「――征け」

三匹の狼はシャーロットに体当たりした。

それを防ぐ魔力なんて残っていない。

狼を一匹召喚した時点で、シャーロットは絞りカスのような状態になっていたのだから。

薄れゆく意識の中、かつてエミリアに言われたことを思いだした。

技を使った瞬間に模倣《もほう》される。

狙うなら一撃必殺。
し損じれば何倍にもなって返ってくる。
ああ、まさにその通り。
分かっていたことなのに。
どうすることもできなかった。
あの技を出せていたら勝てたとか。
こう立ち回っていたら勝てたとか。
そんなわだかまりのない、完全な敗北だ。
けれど、次は、絶対に、勝つ——。

※

狼の三連続体当たりで、シャーロットは王都の外に広がる草原に飛んでいった。
おそらく、もう意識はない。
一応、手加減はしたし、大賢者いわく首から上が残っていれば大丈夫らしい。
しかし、そんな理屈とは無関係に、ローラはシャーロットを追いかけた。
もう決着はついたのだ。ならば早く助けないと。
ローラだって回復魔法を多少は使える。

千切《ちぎ》れた腕を再生させるのが無理でも、止血くらいにはなる。
「シャーロットさん！」
彼女は草原の上に転がっていた。
狼に喰わせた右腕がないのはもちろん、他の手足も変な方向にねじ曲がっている。
制服はズタズタで、もう服としての機能を失っている。
露出した肌にいくつ傷があるのか数え切れない。
また、たんに見た目がボロボロというだけでなく、何かこう……とても小さく見える。
もちろん片腕を失っているのだから、物理的に小さくなっているのは当然だ。
しかしローラが感じたのは、そういった見た目のことではなく、五感の外の話。
シャーロットの魔力が、明らかにしぼんでいるのだ。
使ったから減ったという印象ではない。絶対量そのものが削れてしまったかのよう。
（私との戦いでシャーロットさんの霊体に何かが……？）
ローラは考え込みそうになったが、そんな場合ではないと首を振る。
「傷つきし体よ、我が魔力を吸って再生せよ――」
まず表面の傷を治して血を止める。
しかし骨折と、右腕が千切れた断面はそのままだ。
どうする？
強引《ごういん》に治すことも可能だが、骨は真っ直ぐくっつくのか？

腕を生やさないまま傷口だけ塞《ふさ》ぐと、あとで面倒なことにならないか？

「どうしよう……どうしよう……」

魔力と才能が膨大《ぼうだい》でも、経験が圧倒的に足りなかった。

ゆえにローラはどうしていいのか分からず、眠ったままのシャーロットの前で狼狽えることしかできない。

「そうだ！　王都まで運んでいけば、大賢者様が治してくれる！」

どうして最初に思いつかなかったのかと恥じ入りながら、ローラはシャーロットを抱き上げようとした。

そのとき、誰かが優しく肩を叩いてくる。

「大丈夫。その必要はないわ」

驚いて振り返ると、白銀色の髪が揺れていた。

「あ……保健室にいた先生……！」

「覚えていてくれたの？　ありがとう。それで、シャーロットちゃんが結構危険な状態だから、先に治しちゃうわね」

名も知らぬ先生は、シャーロットに手をかざす。

その瞬間、曲がっていたシャーロットの手足が真《ま》っ直《す》ぐになった。

更に、右肩の付け根から肉が溢《あふ》れ出し、あっという間に新しい腕が生えてきた。

全ては瞬く間の出来事。

ローラの目をもってしても、どうやって模倣していいのか分からないところが多い。

特に腕を生やした術は、もう一度やって見せて欲しいくらいだ。

「う、ん……ここは……あらローラさん？」

「シャーロットさん！　気が付いたんですね、よかったぁ」

「わたくし、右腕を失ったはずなのに……それに魔力が元に戻っていますわ。アビスの門に潜ったのも、ローラさんと戦ったのも、全て夢……？」

シャーロットは体を起こし、右腕をマジマジと見つめる。

「いいえ。夢じゃないわよ。私が再生させたの。新しいからお肌ピチピチでしょ。もっとも、あなたたちの年齢だと、もとからピチピチかしら」

銀髪の先生がしゃがみこみ、シャーロットに笑いかけた。

「腕を、あなたが……？　うそ、だってそんなことができる魔法使いは、それこそ……」

シャーロットは頰《ほお》に汗を流しながら、声を震わせる。

そして先生の白銀の髪を見つめ、ハッとした顔になった。

しかしローラには何のことだか分からない。

確かにこの先生の回復魔法の技術は桁《けた》外れだし、魔力そのものも常軌《じょうき》を逸している。

とはいえ、かの大賢者が学長を務める学園なのだから、このレベルの教師がいても不思議では——。

「自己紹介がまだだったわね。私はカルロッテ・ギルドレア。麗しき大賢者なんて大層な名前で呼ぶ人もいるわ。あと、あなたたちが通う学園の学長もしてるの。サボってばかりだけどね」

大賢者――彼女はそう名乗った。と同時に、魔力の波動を全身から放つ。

その辺にいた小鳥たちが一斉に逃げていく。

ローラは腹の奥にビリビリと振動を感じた。

（なに、この人。すごく強い……追いつくには、何年かかるの⁉）

「へえ。二人とも、何年かしたら追いつけるって顔してるわね」

大賢者は嬉しそうに笑う。

そしてローラとシャーロットの頭をなでた。

「いいわよ、若いうちはそのくらい生意気じゃないと。あなたたちみたいな生徒が来るのを待っていたのよ。それが二人も同時になんて。ふふ、楽しみ。是非とも私より強くなって欲しいものだわ」

三百年近く生きているはずの大賢者だが、その笑顔は見た目通りに若々しく、そしてイタズラっぽいものだった。なのに魔力だけは、大賢者という名のイメージ通り。

ローラはだんだん混乱してきた。

「ところでシャーロットちゃん。魔力が元に戻ったのを不思議そうにしているけど、そんなのは当然よ。だってあなた、今日勝てたら明日死んでもいいって覚悟で戦ったんでしょう？　だからあなたはアビスの門なんて非常識な場所に耐えることができたし、今日あれほどの力を発揮した。けど、そこまで。しょせんは付け焼き刃。限界を超えたあなたの霊体は、戦いが終わった途端、空気が抜けた風船みたいにしぼんだのよ」

「そんな……ではわたくしの半月は無駄な努力だったということですの⁉」

シャーロットは声を震わせた。心の痛みに耐えるかのように拳《こぶし》を握りしめる。

「さあ、どうかしら。けれど今日のあなたは楽しかったんでしょ。いっときとはいえローラちゃんと同じ領域で戦い、空を飛び、片腕を食いちぎられても、それでも楽しかったんでしょう？　痛みなんて気にならないくらいに」

「それは……はい」

大賢者の言葉にシャーロットは頷く。

冷静に考えればデタラメな話だ。十四歳の少女が、片腕を食いちぎられながらも戦うのが楽しかったなんて。

だがローラは、シャーロットの言っていることに違和感がなかった。多分、自分も腕や脚がとれたくらいでは戦いをやめない。あの戦いはそれほど甘美だった。

「じゃあ無駄じゃないでしょ。シャーロットちゃんは目指している領域に、ほんの一瞬だけど立つことができた。その感覚を忘れずに日々真っ当に努力すれば、近い将来、帰ってこれるわ。私が保証する。けど、アビスの門はやめなさい。あれは昔のガザード家が私と戦うために作った一種の儀式場。今日のあなたと同じく、今日勝てたら明日死んでもいいという覚悟で、限界以上の魔力を絞り出すための反則装置。次に入ったら、それこそ死ぬわよ」

「昔のガザード家は、やはり大賢者様と戦ったのですか……っ？」

シャーロットは息を飲み、そして興奮した様子で言った。

「ええ。百年くらい前までは結構頻繁《ひんぱん》に突っかかってきたわよ。当然、私の全勝だけど？」

大賢者は胸を張って言う。

ケンカに勝ったことを自慢する子供みたいだった。

それを見たシャーロットは、何やら安堵するような息を吐《つ》き、再び草原に寝転んだ。

「そうですか……少なくとも昔のガザード家は、言い伝え通り、気合いが入っていたのですね。それを聞けて嬉しいですわ」

「シャーロットちゃんはガザード家の気性を色濃く継《つ》いでいるのね。私と戦いたくなったら、いつでもどうぞ。じゃ、私は帰るわね。二人とも、いい試合だったわ。今日はゆっくり休みなさい」

大賢者は立ち上がる。

そのときローラの目にゴミが入り、たまらず手で擦《こす》った。

視界が塞がったのはほんの一瞬。

その間に、大賢者の姿は消えてしまった。

「……帰っちゃいましたね」

「ええ。まるで夢か幻《まぼろし》みたいに」

「私たちも帰りましょうか？」

「いいえ、もう少しだけ休ませてくださいな」

シャーロットは草原の上に大の字に四肢を広げた。

そのまま空を見つめて、ポツリと呟く。

「ローラさん。優勝、おめでとうございます。わたくしの負けですわ。今日のところは」

「あ、そっか。私たち、学園のトーナメントで戦ってたんでしたっけ。私が優勝……ありがとうございます」

「まあ、忘れていたんですか？　それではわたくしたち、特に理由もなく戦っていたことになってしまいますわ」

「そ、そうですね。それじゃバカみたいです」

校内トーナメント、という大義名分のもとで試合を行ったのだ。

色々と逸脱してしまったような気もするが、とにかく、きっかけはそれだった。

決してケンカをしたのではないし、まして〝どっちが強いか白黒つける〟なんて脳筋な理由ではない。

あくまで学校行事である。

「ところでローラさん」

「はい？」

「また挑んでもよろしいでしょうか？」

「特に理由もなく？」

「ええ。特に理由もなく」

シャーロットは真顔で言った。

そしてローラは断る理由がなかった。

「いいですよ。いつでもかかってきてください」

ローラも大の字に寝転び、シャーロットと一緒に空を見つめる。

隣から、すーすーと寝息が聞こえてきた。

疲れたのだろう。無理もない。

ローラも流石に今日ははりきりすぎだ。

瞼《まぶた》が重い。

「……早く帰らないと、みんなが心配、しているような、気がするんで、す、けど……」

ローラの意識はそこで落ちた。

※

教師たちは、一向に帰ってこないローラとシャーロットを探して王都やその周辺を探し回った。

もちろんエミリアも必死に探した。

あれだけの戦いだ。

二人とも大ケガをしているに違いない。

と、そう心配していたのに。

ようやく見つけたローラとシャーロットは、草原の上で仲良くお昼寝をしていた。

その寝顔があまりにも可愛らしすぎて、エミリアは怒る気にもなれなかった。

第七章

今度はベヒモスです

一年生のトーナメントは終わったが、まだ二年生と三年生が残っている。

しかしローラとシャーロットの戦いで、リングが消滅してしまった。

これでは試合が行えない。

そこでローラは土の精霊に呼び掛け、リング状に地面を盛り上げた。

そのおかげで、何とか全《すべ》ての日程が予定通りに進んだようだ。

大賢者自ら王宮に乗り込み、女王陛下《へいか》に『王都上空の戦いは学校行事』だと説明をしたらしい。

一体どんな方法で説明したのかは不明だが、噂《うわさ》によるとほとんど恫喝《どうかつ》に近かったという。

とにかくローラもシャーロットも、何かの責任に問われる心配はなさそうだ。

「放課後ですよ、シャーロットさん」

「言われなくても知っていますわ。何をはしゃいでいますの？」

「今日は午前で授業が終わりなのです！」

「だから、知っていますわ」

「なので、皆でモンスター狩りに行きましょうよ！　アンナさんも誘って！」

「モンスター狩り……修行になるのでいいですけど……」

というわけでローラはシャーロットを引っ張り、それから戦士学科でアンナを拉致《らち》し、冒険者ギルドまで駆けていく。

前回のリヴァイアサンの一件では無茶をしすぎてエミリアに怒られてしまった。

なので今回は校則を守って、Dランク以下のモンスターと戦う。

「あっちの壁に、今週のモンスター分布予想図が張り出されてる」

とアンナが説明してくれた。

「おおー、天気予報みたいですね」

王立気象観測室が発表する天気予報は的中度が高い。

なにせ魔法使いが空から広範囲を観測し、過去の膨大《ぼうだい》な統計データをもとに予想するのだ。

この国の農作物が毎年豊作なのは、天気予報の精度によるところが大きい。

「できるだけ強くて大きくて群れをなしているモンスターがいいですわ。まあ、Dランク以下はどれも似たようなものでしょうけど」

「私のオススメは一角ウサギ。前にも言ったけど、簡単に倒せるわりに高く売れる」

「そんな如何《いか》にも初心者向けのモンスターは嫌ですわ！」

「わがまま」

「当然の主張ですわ！」

シャーロットとアンナが言い争っているのを尻目《しりめ》に、ローラは真面目《まじめ》にモンスター分布予想図を見つめる。

「あ。スカイフィッシュなんてどうです？　Eランクなので校則違反にはなりませんよ」

スカイフィッシュのことは、授業で習ったばかりだ。

成人男性ほどの長さの棒状の生き物で、岩の隙間《すきま》に生息している。

主に昆虫を食べており、エサを見つけると岩から飛び出し、超音速で捕食。そのまま別の岩の隙間に潜り込むという。

スカイフィッシュそのものは食用に適さないが、これを瓶《びん》に入れ、酒と一緒につけておくと、大変美味《おい》しい『スカイフィッシュ酒』になるらしい。

なんでも、空も飛べそうな爽快《そうかい》感だとか。

もっとも、ローラたちは子供なので、酒のことは分からない。

「このメンバーでEランクのモンスターですの？」

シャーロットは露骨に嫌そうな顔をする。

「スカイフィッシュは動きが速い割に長距離移動はしません。なので住み処のそばに罠《わな》を仕掛ければ簡単に捕えることができます。だからEランクなんです。けど、罠を使わずに捕まえようとしたら、難易度が一気に上がります。ですから、素手《すで》で捕まえましょう！」

「スカイフィッシュを素手で……ローラさん、ナイスアイディアですわ！」

修行マニアのシャーロットも満足してくれた。

ところが意外なことにアンナが異論を挟む。

「待って。スカイフィッシュの生息地のそばにベヒモスが住み着いたって書いてある」

ベヒモスはAマイナスのモンスターだ。空を飛べないからドラゴンより格下にされているが、パワーだけならほぼ同等と言われている。

「もし遭遇して倒しちゃったら、また怒られる」

「大丈夫ですよ。出てきたら逃げればいいんです」

「このメンバーで上手《うま》くいく？　シャーロットがうっかり倒しそう」

「うっかりというか、積極的に倒しますわ。偶然遭遇したのであれば正当防衛。こちらに非はありません」

シャーロットは自信たっぷりに言うが、本当だろうか。

ローラが思うに、ベヒモスがいるような場所に行くことそのものを怒られる気がする。

「お嬢ちゃんたち、ベヒモスが心配なのか？　なら安心だ。なにせ、あの『真紅《しんく》の盾《たて》』と『ホークアイ』が討伐に向かったからな。明日か明後日《あさって》には死体を持ち帰ってくるんじゃないか？　はっはっは」

冒険者が後ろから声をかけてきた。

真紅の盾とホークアイといえば、王都周辺では特に名の知れたパーティーだ。

その実績は同じ冒険者からも尊敬されている。

ローラたちに声をかけてきた冒険者が我が事のように語っていたのがいい証拠だ。

もっとも真紅の盾は先日、リヴァイアサンによって壊滅しかけたところを、なぞの三人組『着ぐるみ戦隊パジャレンジャー』によって救われ、少々評価が下がったらしい。

着ぐるみ戦隊パジャレンジャーの正体は、大賢者の弟子《でし》だとか、国が作った新型ホムンクルスだとか、ギルドレア冒険者学園の女子生徒が正体を隠すために変装していたとか、色々言われている。

「お嬢ちゃんたち、その制服を見る限り、ギルドレア冒険者学園の生徒だろ？　俺《おれ》はクエストがあったから見てないが、校内トーナメントでやたら強い一年生が出てきたらしいじゃないか。お嬢ちゃんたちも負けないように頑張れよ。はっはっは」

冒険者は笑いながら去って行った。

「そっか……私たち、闘技場に来ていた人たちに顔を見られていたんですね。あの人は見ていなかったようですが……今度から人が多い場所に行くときは紙袋とか被《かぶ》ったほうがいいかもしれません」

ギルドに来るまでの間、妙に視線を感じると思ったら、そういうことだったのだ。

「え、どうしてですの？　注目を浴びるのは素晴らしいことですわ」

シャーロットは首を傾《かし》げて言う。

視線を集めるのが恥ずかしいという概念がないらしい。

「……まあ、趣味は人それぞれですからね。とにかく、スカイフィッシュの生息地まで行きましょう！」

王都を出る前に、紙袋を三つ購入する。

念のため、である。

※

スカイフィッシュの生息地は岩場だ。

そこには小さな滝と小川が流れており、とても景色が綺麗《きれい》だった。

そして岩と岩のあいだを、ピュンピュンと何かが飛び交っている。

「あれがスカイフィッシュですわね」

「授業で習ったとおり速いですねー」

「でも、何とかなりそう」

スカイフィッシュは音よりも速く飛ぶ。

その動きを見切るのは熟練冒険者でも難しいが、ローラたち三人にとっては遊びのようなものだ。

「今だ、えいっ！」

ローラは腕を伸ばし飛んできた影をガシッと摑《つか》む。

一発で捕獲に成功した。

ヘビに小さな羽根を生やしたような生物が、ローラの手から脱出しようとピチピチと暴れている。

「大人しくしてください！」

ローラは暴れるスカイフィッシュを岩に叩《たた》き付ける。

スカイフィッシュは死んだ！

「え、えぐいですわ……」

「ローラって大人しそうな顔なのに、ときどき凄《すご》い」

シャーロットとアンナが引きつった顔になっている。

「じゃあどうしろっていうですか！　まさか生きたままギルドに持っていくんですか⁉」

「大人しくさせるにしても、冷凍するとか感電死させるとかあるでしょうに。それが岩に叩き付けるなんて……女子力がたりませんわよ、ローラさん」

「片腕を生贄《いけにえ》に捧げて霊獣を召喚《しょうかん》するシャーロットさんには言われたくありません！」

「試合中のことはノーカンですわ！」

シャーロットは謎《なぞ》の理論で自分の正当性を主張した。

もちろんローラはそんなことでは論破されない。

「二人とも。イチャついてないでスカイフィッシュ捕まえよう」

アンナの一言で我に返り、真面目にスカイフィッシュ狩りを再開する。

ローラとアンナは捕まえたスカイフィッシュを岩に叩き付けて殺す。

シャーロットは電気魔法で焼き殺していたが、途中から面倒になったのか、結局叩き付けて殺し始めた。

「五十匹も捕まえちゃいましたね」

「持って帰るのが大変ですわ」

「でも、これだけあれば、結構なお金になる」

岩の上に積み重ねたスカイフィッシュを見て、三人は満足げに笑い、汗を拭《ぬぐ》う。

そのとき、近くにある森から轟音《ごうおん》が聞こえてきた。

同時にローラは魔法の発動を感知する。

誰《だれ》かが戦っているらしい。

おそらくは、ベヒモスと冒険者たちだ。

「スカイフィッシュを持って早く逃げたほうがいい」

「いいえ。ベヒモスなんて滅多に見られるものではありませんわ。せめて一目見てから帰りましょう」

「ですね！　私もベヒモス見たいです！」

ローラとシャーロットは頷《うなず》き合う。

しかしアンナだけは「えー」と嫌そうにしていた。

「私はまだ死にたくないんだけど……」

「大丈夫です！　いざとなったら守ってあげますから。レッツゴー！」

三人は森にずんずんと入っていく。

向かうべき場所は簡単に分かった。

激しい戦いの音がひっきりなしに聞こえてくるからだ。

「おお、戦ってます戦ってます。ベヒモス凄いですね、木を薙《な》ぎ倒してますよ」

ベヒモスは家よりも大きな怪物だ。

シルエットはサイに似ているが、もっと凶暴な顔付きをしている。

「対して、真紅の盾とホークアイは情けないですわ。あれだけの大所帯でも仕留めきれませんの？」

茂みに身を隠し、ローラたちは戦いを見守る。

二つのパーティーは合計二十人ほどだ。

ベヒモスを取り囲み、魔法と矢で攻撃し、足を止めてから接近戦を挑む。

だがベヒモスの皮膚は厚く、攻撃がなかなか通らない。

「くそ、こいつ通常のベヒモスより強いぞ！　変異種だ！」

かなり苦戦している。

ハラハラしながら見ていると、ベヒモスの尻尾《しっぽ》で冒険者の一人が吹き飛ばされた。

それを助けるため魔法使いが回復魔法を使用。おかげで支援火力が落ち、ベヒモスの動きが激しくなる。

真紅の盾とホークアイの瓦解《がかい》は時間の問題だ。

「見ていられませんわ！　ローラさん、アンナさん。わたくしたちも参戦しましょう！」

確かに、そうしなければ彼らが死んでしまう。

だが、リヴァイアサンで一度叱《しか》られたのだ。

こんなに目撃者がいる中でベヒモスを倒したら、エミリアの頭から角が生えてくるかもしれない。

ベヒモスを倒してから口封じをすればいいのでは、なんて考えが一瞬ローラの頭をよぎる。

しかし目撃者たちの口を糸で縫《ぬ》い付けている自分を想像し、恐ろしくなってブルブルと震えた。

「口封じなんて可哀想《かわいそう》ですよぅ……！」

「はぁ？　忘れたのですかローラさん。こんなときのために王都で紙袋を買ってきたではありませんか」

「あ、そうでした！　これで変身すればいいんですね！」

買った紙袋にはちゃんと目のところに穴を空けてある。

これさえあれば何をやってもバレない、はず！

ローラとシャーロットは嬉々《きき》として紙袋を被り、若干《じゃっかん》嫌がっているアンナにも無理矢理被せる。

「変身完了。ではさっそく……氷の槍《やり》！」

ローラは空気中や地中から水を集め、凍らせ、巨大な氷の槍を作り出す。

そしてベヒモス目がけて発射。

腹部に命中し、反対側から飛び出すくらい深く突き刺さる。

「グオオオオオオオオン！」

ベヒモスは突然の痛みに悲鳴を上げる。

二番手のシャーロットは手加減せず雷を落とした。

雷は氷の槍を通してベヒモスの体内へと侵入。一面に肉が焼ける匂《にお》いが漂う。

「トドメはアンナさんです。強化魔法をかけてあげますから、やっちゃってください！」

「見せ場を譲って差し上げますわ」

「別に見せ場とかいいのに……」

ボヤきつつ、アンナは背負った剣を抜き、ベヒモスへと走った。

ローラとシャーロットは同時に筋力強化の魔法を実行。

アンナは極限まで強化され、一刀のもとベヒモスの首を切り落とした。

「き、君たちは一体……？」

冒険者たちは何が起きたのか分からないという顔でローラたちを見つめる。

「私たちは通りすがりの『秘密結社カミブクロン』です。パジャレンジャーとかギルドレア冒険者学園とは全く無関係です！　ではさらば！」

変装が完璧《かんぺき》ゆえに、正体がバレる可能性は低い。

しかし世の中には万が一ということもあるので、ローラたちは素早く逃げ出した。

「人助けは気持ちがいいですねー」

「ベヒモスと戦えて満足ですわ」

「私がベヒモスの首を……やっぱり強化魔法って凄い」

三人とも清々《すがすが》しい気分で寮に帰った。

そして次の日、学校でエミリアに滅茶苦茶怒られた。

「紙袋被っても制服着てたらバレるに決まってるでしょぉぉぉぉぉ！」

「ひーん、ごめんなさーい」

ローラたち三人は午前中の間、廊下に立っていることになった。

しかも捕まえたスカイフィッシュを持ち帰るのを忘れていたと今頃《いまごろ》気が付く。

踏んだり蹴《け》ったりだ。

スカイフィッシュを売ったお金で新しい剣を買おうと思っていたのに、とローラは涙を流した。

エピローグ

「明日から夏休みですねー」

食堂でお昼ご飯を食べながら、ローラはシャーロットとアンナに語《かた》りかけた。

「そうですわね。ローラさんは実家に帰ったりするのですか？」

「うーん、どうしましょう。それよりも私は、シャーロットさんとアンナさんと一緒に、どこかに旅行に行きたいです！」

「旅行ですか……悪くありませんわ」

「待って。私は旅行に行くほどお金がない」

アンナはエビフライにソースをたっぷりかけながら言う。

「ご安心を。旅費くらいわたくしが何とかしますわ」

「おお。流石《さすが》はガザード家。それで、どこ行くの？」

「それはもちろん、長期休暇を利用したモンスター狩りですわ。普段は遭遇できないような珍しいモンスターを狩って狩りまくって、夏休みの間に一気に成長を――」

「却下」

シャーロットの提案をアンナは即座に切り捨てた。

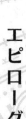

「な、なぜですの⁉」

「私も、旅行は思いっきり遊びたいです。修行と遊びはしっかり分けましょうよ」

「……分かりましたわ。では、どこで遊ぶか真剣に考えましょう」

「夏だから泳ぎたい」

「いいですね！　私、川と湖で泳いだことならありますが、海は行ったことがないので海がいいです！」

「海ですか……ふふ。それではガザード家のプライベートビーチにご招待ですわ」

そんな楽しい計画を立てていると、食堂にエミリアがやってきた。

キョロキョロと首を回し、そしてローラと目が合った瞬間、アッと叫ぶ。

「ローラさん、ローラさん！　大変よ！　今すぐ学長室まで来て！」

エミリアは走ってきて、ローラの腕を引っ張った。

「な、何事ですかエミリア先生。私はまだオムレツを食べかけですよ。せめて食べ終わるまで待ってください」

「じゃあ急いで食べて！　一大事なんだから！」

あんまりにも急《せ》かされたせいで、オムレツの味が分からなかった。

この世にオムレツよりも重大なことなどあるのだろうか。

ローラには想像もできない。

「エミリア先生。本当に何をそんなに急いでいますの？　お昼休みくらい、生徒の好きにさせて欲しいものですわ」

「同意。私たちは夏休みの計画を立てていたのに」

シャーロットとアンナが抗議の声を上げる。

だが、エミリアは「夏休みどころかもしれないのよ！」と一蹴する。

「夏どころか、秋も冬も、ずーっとローラさんだけお休みになるかもしれないのよ！」

「え、何ですかそれ。優勝した特典で夏休みが冬休みと合体するんですか？」

「何を呑気《のんき》な！　このままだとローラさんは学校を辞《や》めなきゃいけなくなるのよ!?」

辞、め、る。

その言葉の持つインパクトに、ローラたちは鎮《しず》まった。

意味がよく理解できなかったのだ。

「……え、えっと……何を言ってるんですかエミリア先生。私が学校を辞めるわけないじゃないですか。一体、誰《だれ》の権限で」

「ローラさんのお父さん」

答えを聞いた途端、ローラは椅子《いす》からずり落ち、ズドーンと尻《しり》を打った。

「ま、まさか、私が魔法学科に入ったってことが……」

「……バレたみたい。そして手紙でブチ切れてたわ」

ローラは血の気が引いていく音を聞いたような気がした。

今、間違いなく自分は青くなっている。

どうしたら。どうしたらいいのだ。

※

学長室で待っていた大賢者は、とても困った顔をしていた。

保健室で会ったときも、決勝戦後に草原で会ったときも、余裕たっぷりだったのに。

この人はこんな顔もできるんだ、とローラは感心してしまう。

そして大賢者ですら困ってしまうような手紙を、父は送ってきたのだ。

「ローラちゃん、いらっしゃい。シャーロットちゃんとアンナちゃんも来たのね」

「友人のピンチは見過ごせませんわ！」

「退学なんて許さない。ダメ、絶対」

大賢者を前にしても、シャーロットとアンナは怯《ひる》まない。

続いてエミリアも学長室に入ってくる。

これで役者は揃《そろ》った。

「まず順を追って説明するわ。手紙は二通来てるの。一通はローラちゃんのお母さん。つまりドーラ・エドモンズさんからのもの。どうやらお母さん、校内トーナメントを見に来ていたらしいのよ」

「ホゲェ」

ローラの口から変な悲鳴が漏《も》れた。

「お母さんはとても感動したそうよ。自分の娘にまさか魔法の才能があるとは知らなかった。学園のおかげで新しい可能性が出てきた。これからも娘の才能を伸ばしてやって欲しい。そんなことが手紙には書かれていたわ」

それを聞き、ローラは安堵《あんど》の息を吐《つ》く。

なんだ、悪い内容じゃなかったのか、と……。

「そして家に帰って、お父さんにローラちゃんが魔法学科に入ったということを教えたら激怒されたらしいの。それはもう、夫婦始まって以来のケンカになったと……」

「ホギャァア！」

ローラは痙攣《けいれん》しながらぶっ倒れた。

「なっ……しっかりしてくださいましローラさん！」

「泡《あわ》吹いてる……」

友人二人の献身的介護により、ローラは何とか立ち上がった。

気絶しても事態は好転しない。

話の続きを聞かないと。

「それで大賢者様。二通目の手紙は……」

「大賢者じゃなく、学長先生って呼んでね。それで二通目は、言うまでもなくお父さんから。内容は、学園に対する罵詈雑言《ばりぞうごん》。魔法使いに対する誹謗中傷《ひぼうちゅうしょう》。私に対する失望。そしてローラさんの退学願。読みたい？」

「いいえ……だいたい想像つくので結構です。あの、父が失礼しました……」

「いいのよ。ローラちゃんが悪いわけじゃないし。ブルーノ・エドモンズの魔法嫌いは有名だし。彼が怒る気持ちも分かるし。それに昔ここの生徒だった頃《ころ》から『前衛はいいぞ』とか言ってたから」

そういえばローラの父と母もこの学園の卒業生だった。

母はともかくとして、蛇蝎《だかつ》の如《ごと》く魔法を嫌っている父が、なぜ大賢者が学長を務めるギルドレア冒険者学園に入学したのだろうか。

不思議に思ったローラは疑問を口にした。

すると。

「倒したい魔法使いがいるとか言ってたわ。あと、最強の魔法使いである私と一騎打ちしたかったんだって」

という答えが返ってきた。

なるほど。実に父らしい動機だ。

「それで学長先生は父と一騎打ちしたんですか？」

「したわよ。しかも剣で」

「……結果は？」

「もちろん私の勝ち」

大賢者はニヤリと笑う。とても自慢げだ。

そしてローラは、父が負けたと聞き「むー」と唸《うな》ってしまう。

すると大賢者はますます嬉《うれ》しそうにした。

「魔法を使わず剣だけでボコったおかげで、彼、私のことは認めてくれたみたいだったのよね……けどローラちゃんを魔法学科に転籍《てんせき》させたせいで逆鱗《げきりん》に触れちゃった。てへ」

てへ、ではない。

ローラにとっては死活問題だ。

せっかくシャーロットとアンナという友達ができたのに、今更《いまさら》やめたくないのだ。

「何とかならないんですか⁉」

「うーん……ローラちゃんが十五歳以上なら成人扱いだけど。九歳のあなたは保護者の意志で身の振り方を左右されちゃうのよね。つまり、保護者であるお父さんが退学願を出してきた以上、学園としてはどうすることもできないのよ」

「そんなぁ。学長先生は女王陛下《へいか》も恫喝《どうかつ》したんでしょうッ？」

「恫喝じゃないわよ、人聞きが悪いわねぇ。ただ、うちの行事でお騒がせしてごめんなさいって謝ってきただけ。王族はみんなお友達だし。まあ、ローラちゃんのお父さんも友達みたいなものかしら。教え子だから。正直、こういう展開は予測済みだから心の準備はできてるわ。さて、私が直接乗り込んで、激しい説得を――」

「やめてください、お父さんが死んじゃいます！」

自分の父親と、通っている学園の学長が刃傷沙汰《にんじょうざた》になったら困る。

それにいくら父が強いといっても、大賢者に比べたらただの人だ。

今でもローラにとって両親は憧《あこが》れの存在だ。

それが負けるところなんて見たくない。

「それで学長。その退学願はどうするのですか？　私としても可愛《かわい》い生徒をみすみす失いたくはないのですが」

エミリアも話に加わってきた。

「そうねぇ。とりあえず、机にしまっておきましょう。届いたからってすぐに受理する必要ないもの。郵便屋さんの事故で届かなかったって言い訳もありかしら？」

大賢者は自分の机にブルーノ・エドモンズの手紙を突っ込む。

かなり奥の方まで入れたらしい。

ぐしゃっと紙が潰《つぶ》れる音がした。

「しかし、いつまでもそれで誤魔化《ごまか》すのは無理でしょう」

「そうね。というわけでローラちゃん。あなたは夏休みの間に実家に帰って、お父さんを説得してきなさい。誠心誠意に話し合っても、問答無用の暴力でも、方法は任せるわ。駄目だったら、本当に私が出向くから」

「……分かりました！」

夏休みは一ヶ月以上ある。

時間はたっぷり。それに母親はローラの味方のようだ。

ならば勝機は十分にある。

大賢者の言うように、今のローラなら暴力に訴《うった》えることすら可能だ。

避けたい手だが、相手はブルーノ・エドモンズ。冒険者中の冒険者。

強くなった娘にボコられるなら本望だろう。

「ローラさん。わたくしも同行させてくださいな！」

「私も一緒に行く。ローラを学園に残すためなら何でもやる」

「シャーロットさん……アンナさん……ありがとうございます！」

ローラは感動した。

やはり持つべきものは親友。

夏休みという貴重な時間を、ローラのために迷わず差し出してくれたのだ。

そのことにいくら感謝してもしたりない。

「礼など無用ですわ。困ったときはお互い様」

「そう。だから私が困ってるときはよろしくね」

「……はい！」

かくして三人はローラの故郷へ向けて旅だった。

ある意味これも、夏休みの旅行といえるかもしれない。

あとがき

可愛《かわい》い女の子が沢山出てきて仲良くしている話を書く――。

たったそれだけのテーマで見切り発車し、小説投稿サイト『小説家になろう』様で連載を始めた今作ですが、ありがたいことにGAノベル様より書籍化させていただけることになりました。

書籍化するのはこれで二作目なので、もうすっかり慣れてしまった……ということもなく、ひーひー言いながら書籍化作業を進めて参りました。


いかがでしょう？

素敵な本になって皆様のお手元に届いていますか？


このあとがきを書いている段階ではまだ作業中で、完成した本は宇宙のどこにもない状態ですが、きっと素晴《すば》らしい本になると信じています。

とはいえ私などは、あくまで『本文を書く係』でしかなく、編集様、イラストレーター様、デザイナー様など、多くの人の力があって初めて本が完成します。

印刷会社様がなければ本は刷られず、営業様がいなければ本は誰にも知られることなく終わり、流通に携わる方々がいなければ全国に行き渡らず、そして各書店様のおかげで本は読者の皆様の手に届きます。

なによりも、こうして買ってくださる読者の皆様がいるからこそ、本というものが生まれるのです。本当にありがとうございます。

無論、この物語はもともとＷＥＢ小説でしたから、ＷＥＢ版の読者様たちの支持がなければ書籍化されることもありませんでした。

この魔法適性９９９９は、ある意味、ＷＥＢ版の読者の皆様が育てたと言っても過言ではありません。今後ともよろしくお願いします。


また、イラストレーターのりいちゅ先生。

実はＷＥＢ版の執筆をしているときから、各キャラの顔はりいちゅ先生の絵柄を思い浮かべていました。

担当さんに「りいちゅ先生、いいっすよ！」とダメ元で提案したら、本当に実現してしまいました。それどころか、りいちゅ先生は私の想像を遥かに超えるクオリティで仕上げてくださいました。

続々とイラストが上がってくるたび、パソコンの前でニヤニヤしています。いや、本当に可愛い絵です！

そして、担当さんのお力があったからこそ、これほどスムーズに書籍化作業が進んだのです。

なにせこの作品、ＷＥＢで連載が始まったのが六月で、書籍化の話になったのが七月で、発売が十月です。何という速度でしょう。ＧＡの編集は化物か！

私も書籍化作業をしつつ、ＷＥＢ版の連載をしつつ、別の作品をチョロチョロ書き溜めつつ……と頑張《がんば》りました。褒めてくださってもいいんですよ？

とまあそんな感じで最後に一言。

――百合はいいぞ。

魔法適正9999
今後共よろしくおねがいします♡
りいちゅ
わんっ
ワフッ
ローラちゃんなんてイイ子……!!

GAノベル

剣士を目指して入学したのに魔法適性9999なんですけど!?

2016年10月31日　初版第一刷発行

著者　年中麦茶太郎

発行人　小川 淳

発行所　〒106-0032　東京都港区六本木2-4-5
SBクリエイティブ株式会社
03-5549-1201　03-5549-1167（編集）

装丁　KOME WORKS（木尾なち）

印刷・製本　中央精版印刷株式会社

ISBN978-4-7973-8933-3
Printed in Japan

ファンレター、作品のご感想をお待ちしております。

〒106-0032　東京都港区六本木2-4-5
SBクリエイティブ株式会社
GA文庫編集部 気付

「年中麦茶太郎先生」係
「りいちゅ先生」係

本書に関するご意見・ご感想は
下のQRコードよりお寄せください。

※ご記入の際、特殊なフォーマットや文字コードなどを使用すると、読み取ることが出来ない場合があります。
※中学生以下の方は保護者の了承を得てからご記入ください。
※アクセスの際や登録時に発生する通信費等はご負担ください。

http://ga.sbcr.jp/

ローラ一行の夏休み編突入！
魔法嫌いのパパと激突必至？

予告

「小説家になろう」発、大人気小説の続編!!
超天才９歳児の明るい痛快ファンタジー!!!!!!

剣士を目指して入学したのに
魔法適性
9999
なんですけど!?

第2巻は来春発売予定!!

百億の金貨と転生者

美高ヒロ

イラスト／霜降

　金貨はライフ。金貨が尽きれば命も尽きる。ここは死者たちの世界。「金貨の亡者」と呼ばれる者たちは銀河鉄道で各地を巡り、任務《クエスト》の報酬として転生に必要な金貨を得ていた。あるとき、最上位ランクのクエストハンターであるシリュウは初心者《ニュービー》とおぼしき少女・ノワと出会う。華麗にスルーしようとしたシリュウだが、彼女は危なっかしく、貧乏で……なぜか伝説級《レジェンダリー》アイテムを所持していた。なにかと対照的な二人は共に踏み出す——人々の運命が金貨に委ねられた星空の海へ。

カリギュラ EPISODE水口茉莉絵 〜彼女の見た世界〜

関涼子

イラスト／おぐち

GAノベル

自我が芽生えたバーチャルアイドル「μ《ミュウ》」が創りだした理想の世界『メビウス』。μは現実から逃避してきた人々の願いを叶えるため、協力してくれる楽士たちの楽曲を歌うことで、世界を構築するエネルギーを生み出していた。水口茉莉絵《みずぐちまりえ》もまた、そんなメビウスに誘われた者の一人。彼女が逃げ出したかった現実と、メビウスでの思いとは——!?　異色の学園ジュブナイルRPGの衝撃ノベライズ!!!